XUNZHAO YAOHUAYUAN

寻找桃花源

中国重要农业遗产地之旅丛书

# 苦水玫瑰

苑利◎主编
齐文涛◎著

北京出版集团公司
北京美术摄影出版社

图书在版编目（CIP）数据

苦水玫瑰 / 齐文涛著. — 北京 ：北京美术摄影出版社，2018.8
（寻找桃花源 ：中国重要农业遗产地之旅丛书 / 苑利主编）
ISBN 978-7-5592-0105-8

Ⅰ. ①苦… Ⅱ. ①齐… Ⅲ. ①故事—作品集—中国—当代 Ⅳ. ①I247.81

中国版本图书馆CIP数据核字(2018)第019999号

总 策 划：李清霞
责任编辑：赵　宁
责任印制：彭军芳
责任校对：冯姝玲

尚書堂·叫獸
BOOK DESIGN
13261351222

寻找桃花源　中国重要农业遗产地之旅丛书

苦水玫瑰

KUSHUI MEIGUI

苑　利　主编

齐文涛　著

出　版　北京出版集团公司
　　　　北京美术摄影出版社
地　址　北京北三环中路6号
邮　编　100120
网　址　www.bph.com.cn
总发行　北京出版集团公司
发　行　京版北美（北京）文化艺术传媒有限公司
经　销　新华书店
印　刷　北京启航东方印刷有限公司
版印次　2018年8月第1版第1次印刷
开　本　787毫米×1092毫米　1/16
印　张　15.25
字　数　220千字
书　号　ISBN 978-7-5592-0105-8
定　价　88.00元
如有印装质量问题，由本社负责调换
质量监督电话　010-58572393

中国农业历史学会推荐丛书

中国重要农业文化遗产专家委员会推荐丛书

全球重要农业文化遗产专家委员会推荐丛书

# 目 录
CONTENTS

# 主编寄语

……

如果有人问我，在浩瀚的书海中，哪部作品对我的影响最大，我的答案一定是《桃花源记》。但真正的桃花源又在哪里？没人说得清。但即使如此，每次下乡，每遇美景，我都会情不自禁地问自己，这里是否就是陶翁笔下的桃花源呢？说实话，桃花源真的与我如影随形了大半生。

说来应该是幸运，自从2005年我开始从事农业文化遗产研究后，深入乡野便成了我生命中的一部分。而各遗产地的美景——无论是红河的梯田、兴化的垛田、普洱的茶山，还是佳县的古枣园，无一不惊艳到我和同人。当然，令我们吃惊的不仅仅是这些地方的美景，也包括这些地方传奇的历史，奇特的风俗，还有那些不可思议的传统农耕智慧与经验。每每这时，我就特别想用笔把它们记录下来，让朋友告诉朋友，让大家告诉大家。

机会来了。2012年，中国著名农学家曹幸穗先生找到我，说即将上任的滕久明理事长，希望我能加入到中国农业历史学会这个团队中来，帮助学会做好农业文化遗产的宣传普及工作。而我想到的第一套方案，便是主编一套名唤“寻找桃花源：中国重要农业遗产地之旅丛书”的书，把中国的农业文化遗产介绍给更多的人，因为那个时候，了解农业文化遗产的人并不多。我把我的想法告诉了中国重要农业文化遗产保护工作的领路人李文华院士，没想到这件事得到了李院士的积极回应，只是他的助手闵庆文先生还是有些担心——“我正编一套丛书，我们会不会重复啊？”我笑了。我坚信文科生与理科生是生活在两个世界里的“动物”，让我们拿出一样的东西，恐怕比登天还难。

其实，这套丛书我已经构思许久。我想我主编的应该是这样一套书——拿到手，会让人爱不释手；读起来，会让人赏心悦目；掩卷后，会令人回味无穷。那么，怎样才能达到这个效果呢？按我的设计，这套丛书在体例上应该是典型的田野手记体。我要求我的每一位作者，都要以背包客的身份，深入乡间，走进田野，通过他们的所见、所闻、所感，把一个个湮没在岁月之下的历史人物钩沉出来，将一个个生动有趣的乡村生活片段记录下来，将一个个传统农耕生产知识书写下来。同时，为了尽可能地使读者如身临其境，增强代入感，突显田野手记体的特色，我要求作者们的叙述语言尽可能地接地气，保留当地农民的叙述方式，不避讳俗语和口头语的语言特色。当然，作为行家，我们还会要求作者们通过他们擅长的考证，从一个个看似貌不惊人的历史片段、农耕经验中，将一个个大大的道理挖掘出来。这时你也许会惊呼，那些脸上长满皱纹的农民老伯在田地里的一个什么随便的举动，居然会有那么高深的大道理……

有人也许会说，您说的农业文化遗产不就是面朝黄土背朝天的传统农耕生产方式吗？在机械化已经取代人力的今天，去保护那些落后的农业文化遗产到底意义何在？在这里我想明确地告诉大家，保护农业文化遗产，并不是保护“落后”，而是保护近万年来中国农民所创造并积累下来的各种优秀的农耕文明。挖掘、保护、传承、利用这些农业文化遗产，不仅可以使我们更加深入地了解我们祖先的农耕智慧与农耕经验，同时，还可以利用这些传统的智慧与经验，补现代农业之短，从而确保中国当代农业的可持续发展。这正是中国农业历史学会、中国重要农业文化遗产专家委员会极力推荐，北京出版集团倾情奉献出版这套丛书的真正原因。

苑　利

2018年7月1日于北京

# 序　言

作为“寻找桃花源：中国重要农业遗产地之旅丛书”之一的《苦水玫瑰》，记录了我与合作者平亮在甘肃兰州市永登县苦水镇的所见、所闻、所感、所思。

见闻与思考是零碎的，要写成书，就需要通过艺术加工，将零碎的见闻与思考进行整合，进而合乎逻辑地表达出来。在夏季花开时节的调研过程中，我们只要走出寓所，就会看到有人在采摘玫瑰花。但要把采摘玫瑰花作为一项内容写出来，就要把多日的经历凝缩成一天里发生的故事。我们前后历经3次调研，而书中记录的故事主要发生在某个夏天的玫瑰节前后。并不是其他两次调研没有收获，而是都被整合进这玫瑰盛开的关键一次之中了。

最终呈现在读者眼前的，是19个相对独立的故事或片段。《玫瑰的那些事儿》作为引子，讲一般玫瑰的形态特征、生长习性、繁殖方法、产地、品种、历史；《庄浪河润物无声》以庄浪河为中心，试图呈现苦水的自然地理条件以及苦水名字的由来；《宣传干事的历史课》借张干事之口，讲述苦水的历史，特别是其历史大事和历史标记；《王秀才引种玫瑰》通过整理资料、遍采传说、采访“专家”，考证王秀才引种玫瑰的时间与原委；《苦水玫瑰的现代脚步》讲述苦水玫瑰从零星栽植到成片种植，特别是20世纪30年代以来高潮与低谷交织的跌宕起伏的现代发展史；《顾先生提炼精油》叙述把苦水玫瑰从“古代”推向“现代”的重要人物顾先生的事迹；《苦水与玫瑰的“联姻”》从生态学、生物学、经济学角度，讨论苦水与玫瑰的双向选择，并借“技术员”之口陈述苦水玫瑰的现代种植技术体系；《沟洫网联万家田》讲述通过实地考察，发现苦水沟洫系统的过程，探寻滋养苦水玫瑰的主要因素——水的来源；《玫瑰花初离枝头》通过记录我们的实地追踪，呈现苦水人从采花到卖花的过程；《烘干房老兵的坚守》记述玫瑰花苞初加工的重要形式土法烘干，突出苦水人对这种传统技艺的坚守；《生产车间的匆匆巡礼》呈现现代企业的玫瑰产品加工过程；《琳琅满目背后的纠结》展示玫瑰产品的种类以及企业经营的困境；《寻常人家的玫瑰面食》重点描绘苦水人现实生活中的玫瑰食品——烫面饼；《玫瑰茶间话玫瑰》记录我们对苦水玫瑰的种植、企业发展、玫瑰产品的反思；《亮嗓门与大长腿》和《大鼓队与小木偶》通过玫瑰节会演，展现秦腔、高高跷、太平鼓、木偶戏、下二调等留存并活跃于苦水的非物质文化遗产；《李佛传说遍坊间》记述作为苦水文化重要代表李佛的传说故事；《花开时节的短暂还乡》和《微醺老李的急进中兵》展现在城镇化大背景下的苦水现实生活。

如此，苦水玫瑰的生长环境、发展历史、种植技术、加工利用，以及依附于苦水玫瑰或与其紧密交织的文化景观、现实生活，都被呈现出来。之所以这样布局谋篇，是因为我相信，传统社会一定包含3种不可或缺又相映成趣的组成要素：农作要素、技艺要素、价值要素。当然，苦水的农作要素是本书重点，占据了大部分篇幅。

当前，作为在大学里工作的青年教师，主要职责之一是做学术。然而坦率地说，这部书与其说具有学术性，不如说寄托了思想。它被注入了我的一些不成熟的思想，从批判现代科技到强调传统技术，从慎对现代文艺到亲近传统艺术，从反思现代生活到期望田园生活，从超越工业文明到向往生态文明。一言以蔽之，强调传统的价值。这应该就是研究传统农业文化遗产的重要宗旨吧！

齐文涛

丁酉年小雪于杨凌听雪堂

Agricultural
Heritage

# 01 玫瑰的那些事儿

苑利教授发出“寻找桃花源：中国重要农业遗产地之旅丛书”征集令，我应征了。我选择的是甘肃省永登县的苦水玫瑰，今天正要奔赴苦水，调查走访一番……

苑利教授发出“寻找桃花源：中国重要农业遗产地之旅丛书”征集令，我应征了。我选择的是甘肃省永登县的苦水玫瑰，今天正要奔赴苦水，调查走访一番。我邀请了一位博学多识的合作伙伴，他姓平名亮，北京人，中国科学院植物研究所硕士研究生，现为自由职业者，因年长我一岁，故称平兄。此刻，他正在北京到兰州的列车上，而我，将从杨凌上车，与他会合，我们共赴苦水。

实地调查是需要有所准备的。既然调查苦水玫瑰，就先要对玫瑰有所了解。说起玫瑰，大家似乎都不陌生，但要说出个所以然，却又难以做到。所以，我与平兄约定，分头做些功课，在火车上互通有无，争取在到达苦水前，心中有底。我上车后，异常顺利地找到了平兄。老友见面自然少不了寒暄，但我们都自许为严肃认真之人，故迅速投入工作状态。

平兄是学植物学的，玫瑰的生物学知识当然由他负责。他的功课做得非常扎实，从背包中拿出一沓厚厚的从国家图书馆复印的资料，说：“玫瑰，蔷薇目蔷薇科落叶灌木，高可达2米；茎粗壮，丛生；小枝密被绒毛，并有针刺和腺毛，有皮刺，皮刺直立或弯曲，淡黄色，皮刺外被绒毛。小叶5～9片，连叶柄长5～13厘米；小叶片椭圆形或椭圆状倒卵形，长1.5～4.5厘米，宽1～2.5厘米，先端急尖或圆钝，基部圆形或宽楔形，边缘有尖锐锯齿，上面深绿色，无毛，叶脉下凹，有褶皱，下面灰绿色，中脉凸起，网脉明显，密被绒毛和腺毛，有时腺毛不明显；叶柄和叶轴密被绒毛和腺毛；托叶大部贴生于叶柄，离生部分卵形，边缘有带腺锯齿，下面被绒毛。花单生于叶腋，或数朵簇生，直径4～5.5厘米；苞片卵形，边缘有腺毛，外被绒毛；花梗长0.5～22.5厘米，密被绒毛和腺毛；萼片卵状披针形，先端尾状渐尖，常有羽状裂片而扩展成叶状，上面有稀疏柔毛，下面密被柔毛和腺毛；花瓣倒卵形，重瓣至半重

盛开的玫瑰花丛（平亮摄）

瓣，芳香，紫红色至白色；花柱离生，被毛，稍伸出花萼，短于雄蕊。蔷薇果扁球形，直径2～2.5厘米，熟时砖红色，肉质，平滑，萼片宿存。花期5—6月两个月，果期8—9月两个月。”

这是平兄的专业，各种专业词汇用起来轻车熟路。他一气呵成，我却云山雾罩。即使如此，我还是捕捉到几点重要信息：玫瑰是灌木，不像小花那样矮小，不像大树那样高大；玫瑰有刺，小心为上；5月是花开时节。

平兄并没有要停下来的意思，他兴致方起，接着说：“以上是玫瑰的形态特征，下面是生长习性。首先，关于光照。玫瑰为阳性植物，喜阳光充足，日照充分则花色浓，香味亦浓，在蔽荫下生长不良，开花稀少。生长季节日照少于8小时则徒长而不开花。宜栽植在通风良好、离墙壁较远的地方，以防日光反射，灼伤花苞，影响开花。其次，关于水分。耐旱，对空气湿度要求不甚严格。不耐积水，受涝则下部叶片黄落，甚至全株死亡。气温低、湿度大时可能发生锈病和白粉病。开花季节要求空气有一定湿度，高温干燥时产油率会降低。在干燥度大于4的地区需要有灌溉条件才能正常发育。再次，关于土壤。玫瑰对土壤的酸碱度要求不严格，微酸性土壤至微碱性土壤均能正常生长。喜排水良好、疏松肥沃的壤土或轻壤土，在黏壤土中生长不良、开花不佳。在富含腐殖质、排水良好的中性或微酸性轻壤土中生长和开花最好。最后，关于温度。耐寒，在冬季有雪覆盖的地区能忍耐−40～−38摄氏度的低温，在无雪覆盖的地区也能耐−30～−25摄氏度的低温，但不耐早春的旱风。土壤尚未解冻而地面风大的地区，枝条往往被风吹干；若土壤已解冻，根部不断向茎输送水分和养分，风不能造成严重危害。”

平兄这番话相对平易近人，要点无非是，玫瑰是一种喜光、耐寒、耐旱、对土壤要求不严格的植物。这让我迅速想到了我国西北地区，特别是甘肃地区的气候特点。我曾在兰州大学从事博士后研究工作，有过两年的兰州生活经历。在我印象中，兰州阳光充足，夏季正午人们不敢暴晒在阳光下；兰州寒冷，冬季要穿厚厚的棉服，盛夏季节夜晚也离不开被子；兰州干旱，几乎没有衣服洗过隔夜不干的情况；兰州土壤贫瘠，乘飞机俯瞰，满目黄土。这不正是玫瑰喜欢的生长环境吗？

然而，平兄并没有说完，他又拿出一则资料，兴致未减地说：“关于繁殖方法，玫瑰可播种、分株、压条、扦插、嫁接等。单瓣玫瑰可用种子繁殖，重瓣玫瑰则用无性繁殖，一般玫瑰多用扦插繁殖，名贵品

玫瑰花傲立枝头（永登县农林局、苦水镇政府提供）

种扦插难成活，多用压条或嫁接法。玫瑰栽培有两句话：‘玫瑰俗呼离娘草，不切子株花不好。’玫瑰切株（分株）相当重要，子株大部分养料由母株供应，如果不切，两者相争，都长不好。玫瑰切株宜在秋季进行，因为在秋季有一段旺长时期，易使母株、子株发育成熟过冬。盆栽切株视玫瑰生长状态进行，如果母本旺则切掉子株，这叫‘养老不养少’；如果母本差，则切掉老株，这叫‘养少不养老’。地栽切株，不需掘起，只在母株和子株之间切离即可。切株后的玫瑰要勤浇水，长势正常后要多施肥、多日照，方可长好。”

火车在行进，已经过了宝鸡，即将出陕西省界，直奔天水。一路谈着玫瑰，我们并未感到疲倦。平兄卓越地完成了任务，现在轮到我了。我也提前做了功课，从背包中拿出资料，开始向平兄汇报。

玫瑰花斗艳争芳（永登县农林局、苦水镇政府提供）

我说："先看玫瑰的用途。玫瑰主要作为经济作物。鲜花瓣含芳香油0.03%左右，为世界名贵香精油，可用于高级香水、香皂、化妆品及食品。花瓣加糖，可制玫瑰膏，供食用。花蕾含葡萄糖、没食子酸、鞣质等成分，可药用，有理气、活血、收敛等效，治月经过多、肠炎、下痢等症。《本草正义》记载：'玫瑰花，清而不浊，和而不猛，柔肝醒胃，流气活血。'果富含维生素C，每百克约含579毫克。种子含油率约14%。"平兄说："看来玫瑰是宝，特别是玫瑰精油，我曾有耳闻，非常名贵。"我说："没错，苦水玫瑰之所以享有盛名，其出油率高于平均水平是重要原因。"

我接着说："再说产地和品种吧。玫瑰，原产中国中部至北部低山丛林中，主要是辽宁南部和山东东部沿海地区，当然，朝鲜、日本也有分布。据说，原种玫瑰是一种很古老的植物。据古生物学家和地质学家对蔷薇叶片化石的鉴定证明，3000万年前，在北半球，蔷薇植物曾有过繁荣生长的时期。野蔷薇适应性很强，分布的区域特别广阔。有报道称，在抚顺地区发现始新世的蔷薇叶片化石，距今约6000万年，其化石标本与玫瑰近似。玫瑰于1796年传入欧洲，19世纪初传入美国。1885—1910年间，在法国、德国、荷兰以及美国等国，玫瑰同香水月季、杂种香水月季、杂种长春月季以及其他蔷薇种类进行杂交，形成了许多新品种。目前，主要园艺品种有粉红单瓣、白花单瓣、紫花重瓣、白花重瓣。我国各地均有栽培，以华北、西北和西南为多；国际上，日本、朝鲜及欧美各国也有栽培。目前，全国形成了几个大面积玫瑰栽培中心，如山东的平阴、北京的妙峰山、四川的眉山、甘肃的苦水等。其中平阴和妙峰山地区玫瑰的栽培历史都在500年以上。平阴是已知最早大面积种植玫瑰的地区，而我们的苦水玫瑰，也有200余年的栽培历史。”平兄听得认真，总结道：“没想到玫瑰原产中国，而玫瑰文化却是舶来品。这样看来，我们要调查的苦水玫瑰，确是玫瑰中的翘楚。”我补充说：“平兄所说的‘玫瑰文化’，其中尚有隐情，这一点后面还将提到。”

平兄说：“既然玫瑰原产我国，将我国历史上对玫瑰的记述梳理一番，该是饶有兴味的。”我说：“当然，我是做了研究的。我国历史上关于玫瑰的记载最早见于《西京杂记》，‘乐游园中有自生玫瑰’，说明在西汉以前玫瑰花就已经在长安附近安家落户了。唐代诗人徐寅诗云‘芳菲移自越王台，最似蔷薇好并栽。秾艳尽怜胜彩绘，嘉名谁赠作玫瑰。春藏锦绣风吹拆，天染琼瑶日照开。为报朱衣早邀客，莫教零落委苍苔’，说明唐代时玫瑰已在浙江一带广为栽培。《西湖游览志余》记载：‘玫瑰花，类蔷薇，紫艳馥郁，宋时，宫院多采之，杂脑麝以为香囊，芬氤袅袅不绝，故又名徘徊花。’《梦粱录》也记有我国人民在宋代就采用玫瑰花‘制作饼儿供筵’。明代历代皇帝都在御花园内栽种玫瑰、月季，当时规定只有皇帝和地位非常高的大臣才准许生产或使用玫瑰露和玫瑰精油，百姓如果生产或使用，会被视为非法要判刑处死。明代王世懋的《学圃杂疏》中记述了玫瑰，认为其‘色媚而香甚’‘可食、可佩’。高濂写的《草花谱》中也有关于玫瑰的记述。至明末王象晋的《群芳谱》中有‘类蔷薇’‘多刺、有香、有色’‘花色淡紫，花瓣基部白色’等描述。清代康熙二十七年（1688年），陈淏子著《花镜》之卷五《藤蔓类考》中有对玫瑰的详述：‘玫瑰一名徘徊花，处处有之，惟江南独盛。其木多刺，花类蔷薇而色紫，香腻馥郁，愈干愈烈。每抽新条，则老本易枯，须速将根旁嫩条，移植别所，则老本仍茂，故俗呼为离娘草。嵩山深处，有碧色者，燕中有黄色者，花差小于紫玫瑰。每年正月尽，二月初，分根种易活。若十月后移，恐地脉冷，多不能生。凡种难于久远者，皆缘人溺浇杀之也。惟喜秽污浇壅，但本太肥则易悴，不可不察。此花之用最广：因其香美，或作扇坠香囊；或以糖霜同乌梅捣烂，名为玫瑰酱，收于磁（瓷）瓶内曝过，经年色香不变，任用可也。’可以说，我国的玫瑰栽培与利用历史悠久，认识也比较深入。”平兄说：“这样看来，我国的玫瑰史是栽培与利用的历史，并未形成爱情的象征意义？”

我笑答：“平兄的这个问题与前面提到的‘玫瑰文化’异曲同工。实际上，这当中存在一个天大的误会。由西方传入的象征爱情的玫瑰文化中的‘玫瑰’，并非真正的玫瑰，而是月季！这个问题说到底是翻译的问题。玫瑰和月季在英文里通俗的叫法都是‘rose’，民国时期的文学翻译，称中国传统品种的月季为月季，而把西方的现代月季翻译成一个本有所属的名字——玫瑰。可能由于玫瑰的名字比月季好听，一些不懂植物学的记者、花商、文人在宣传、经营、写作的时候都爱称玫瑰而不爱称月季。从植物学、园艺学角度看，西方的现代月季是与古老月

含苞待放的玫瑰（永登县农林局、苦水镇政府提供）

季、传统月季相对，但都是月季，并非玫瑰。玫瑰无论是在古代还是现代都是一个与月季不同的品种。目前，我们在花店买的象征爱情的玫瑰花，都是月季。有人说花商鱼目混珠，实则不然，我们要买的就是现代月季。如果真卖玫瑰，买者一定大为减少，因为从观赏角度，玫瑰比月季逊色许多。所以，玫瑰主要是经济作物，而非观赏作物。”

平兄恍然大悟，惭愧道：“原来如此！其中款曲，今日方知。”我笑言：“所以，如果我送一枝真正的玫瑰花给平兄，并不会引来误会。”平兄称是，并放眼车窗外，道：“花开时节，我们去见识一下真正的玫瑰花吧！”此时，火车早已驶过天水，直逼兰州。

# 02 庄浪河润物无声

于是又到庄浪河畔。庄浪河也完全变了模样。它不再只有涓涓细流，在黄土寒天间苟延残喘。它已重焕青春，它的体魄健硕起来，从此岸到彼岸，已经遥不可及……

初冬。我与平兄西出兰州，经西固河口，入永登境内，初赴苦水川。

“终于出来啦！”司机师傅小李也很兴奋，狠狠踩了一脚油门。

从大型工程设施的环绕中成功“突围”后，大西北的苍凉扑面而来。前面的路暗灰，不见尽头；两旁的山蜡黄，此起彼伏。近处隐约的草，已被寒风吹进了黄土；远处稀疏的树，也已与荒山混同一色。终于，一只鸟飞过，见到我们，叫了一声，就不见踪迹了。

我有些惊骇，仿佛听到了自己的心跳声，问：“快到苦水镇的地界了吗？”

“现在还是河口镇，过了河口，就是苦水！”小李师傅回答。

“难道……”

“难道什么？”

“难道苦水也是这般景色？”我努力使用了“景色”这个词。

“啊……差不多，嗯，都这样呀……”他似乎并没有理解我的意思。

人在疑惑状态下时间是过得极快的，我们进了苦水界。但“景色”并没有什么改变，依旧灰黄。路也灰黄，山也灰黄。果然像他说的——都这样。

我是有备而来的。我从背包中拿出了事先准备的“功课”，想找找答案。那是一则关于永登县及苦水镇气候条件的资料：

永登县属温带大陆性气候，降水量小，蒸发量大，气候干燥，温度变化剧烈。全年总降水量261～435毫米，年均降水量为290毫米，年均蒸发量1879.8毫米，是年均降水量的6.48倍。年降水量在县内分布不均，随着海拔的升高，由东南向西北增加。年降水量最多的地方为西北部的武胜驿镇石家滩，可达435毫米。全县年日照为2655.2小时，其中5

生机勃勃的庄浪河（永登县农林局、苦水镇政府提供）

月、6月、7月、8月较多，占全年的35.7%，日照率为60%。无霜期西北较短，河谷川区较长，年均无霜期126天，绝对无霜期78天，地区无霜期差异在62～162天。冻土初日10月31日，解冻3月7日，最大冻土深146厘米。全年多为西北风，夏季阴雨天气亦有东南风，风力一般为2～4级，最大9级，年均风速2.3米/秒，定时最大风速20米/秒，8级以上大风年均11.3天，最多年份达26天。灾害性的天气，以春夏季的低温、寒潮、强降温、大风、霜冻、干旱和夏秋季之交的冰雹为常见。……苦

丹霞地貌中的庄浪河（永登县农林局、苦水镇政府提供，段平摄）

水镇与西固区河口乡相邻，南距省城兰州57千米，北离永登县城50千米，平均海拔1793米，年均气温8.1摄氏度，年降水量280毫米，无霜期189天。全镇7000多户，约32000人，除极少数回族、藏族、满族，其余均为汉族。

说实话，这些乏味的数据，我反复看过，并没有概念，不知意味着什么，但身临其境，再次重温，理解得多了些。特别是这样一段：

由于受光、热、水、土等因素的综合影响，永登县境内天然植被较少，覆盖率低，大部分地区为半荒漠植被区。

这更加深了我的疑惑，难道举世闻名的玫瑰之乡，就在这半荒漠植被区中？

我沉默半晌，拿资料翻来翻去，脸上写满问号。小李师傅仿佛明白了什么，不停扭头看我。我想还是直接问他吧。

“这里……是不是很干旱呀？”

“干，很少下雨。”

“这里……怎么……”

“你是感觉很荒凉吧？”他直接说出了我的疑惑。

“啊……是有一点儿。”

“你是觉得这里不太适合居住吧？”

“那倒没有！”我回答得很干脆。毕竟，永登县有50多万人，苦水镇也有3万多人呢。不过我确实想不明白，在这满目苍黄中，这么多人，靠什么生活，怎么活下来。“这里是不是很缺水？”

“水？有，我们有庄浪河！”他语气坚定。

我并没有问本地有什么河，因为我喝的水，都是从水管里来的，跟河没什么关系。水是生命之源，看这满眼灰黄的现实，想来黄土里也没什么水分，怎么能孕育生命呢？

“本地人靠什么生活呀？”我问。

“生活？我们有庄浪河！”他表情自豪。

“传说中，不是靠玫瑰吗？”其实我更想问玫瑰是怎么长出来的。

“哈哈，玫瑰，也是因为我们有庄浪河！”他掷地有声。

我仿佛明白了，并不是明白庄浪河怎么孕育出玫瑰之乡，而是通过他的语气，明白庄浪河对他们意味着什么——庄浪河是苦水人的骄傲和荣耀，庄浪河是苦水人的衣食父母。

资料上说，庄浪河流域位于黄河中游左岸，在甘肃省西部兰州以北，永登县境内。北自北纬37° 27′，南至36° 10′，西起于东经102° 29′，东至103° 30′。北以雷公山、乌鞘岭、毛毛山与古浪河流域为界，东以大松山、小松山与腾格里沙漠为界，西以朱固大阪、黑刺山、马营山、马牙山与大通河流域为界。流域长度为179千米，北宽南窄，全部流域呈狭长三角形。属于黄河干流水系，是黄

庄浪河（平亮摄）

河的一条重要支流，在河口乡附近汇入黄河。苦水镇就位于庄浪河下游。

我已按捺不住对苦水生命之源的向往，想一睹芳容。满怀期待中，我马不停蹄先到河边。

但是，失望。我以为这条河有多么宽广，原来只是“我家门前的一条小河”。水流得很缓，让人昏昏欲睡。河床很浅，胆子大些的人，挽起裤管就能走到对岸。如果周围的黄土逼得再紧些，它可能就不流了。我想，难怪这里如此灰黄、如此荒凉，它这么小，怎么能对抗得了漫山遍野的黄土？我担心，它可能很快就会被黄土吞没。

“这么小的河，能滋养整个苦水川？”

“现在是冬天，它在休息。夏天时，你再来，庄浪河的威力就发挥出来啦。”

“真的？”

“真的！”又是语气坚定。

我将信将疑。

此刻正值初夏，我们再赴苦水川。

我倒是想看看，那条小溪能把那一川黄土奈何！

确实有不同。还没进苦水界，就有香气扑鼻。

“这是什么味道，这么浓？”

“玫瑰啊，玫瑰花香！”还是小李师傅。

我期待着，期待不一样的“景色”。

“进苦水了，看道路两旁！”

我应声望去，果然不负期待。道路两旁，漫山遍野，换了绿装。仔细看来，都是绿叶。叶片不大，却密密麻麻，牢牢地把枝干掩在下面。更有紫红色的花，千朵万朵。我盯住一小簇，试着数数，谁知刚数过的地方，又冒出了新的。红花并不臣服于绿叶的哺育，努力挣脱着滋养它的绿叶，拼命绽放着自己的光彩。红花与绿叶联起手来，兢兢业业地描画着苦水川的底色。在红花和绿叶的互映下，灰黄的土地早已退出了角逐，不见了踪影。一阵清风吹过，满川的红花和绿叶翩翩起舞。

那绿叶，就是玫瑰叶；那红花，就是玫瑰花。

那反复涌动的，就是玫瑰花海，漫山遍野，一望无际！

“看，不一样了吧？这都是庄浪河的功劳！”小李师傅自豪地说。

“真的吗？”我想再睹芳容。

于是又到庄浪河畔。庄浪河也完全变了模样。它不再只有涓涓细流，在黄土寒天间苟延残喘。它已重焕青春，它的体魄健硕起来，从此岸到彼岸，已经遥不可及；它的喘息急促起来，从上游到下游，已经滚滚奔流；它的容颜姣好起来，从水上到水下，已经晶莹剔透。

我相信了，是苏醒的庄浪河，重新滋润了苦水川，一手抚育了玫瑰花海。庄浪河之于苦水川，恰如大动脉之于人的身体，把水分和营养输送到全川各处。首要的当然是地下输送，但很遗憾，其间如何，终究是看不见的。能想到的是，庄浪河维持了土壤中的含水量，使降水量远远小于蒸发量的苦水黄土拥有生机。水渠，散落于田间地头，随处可见，就像一根根毛细血管，把庄浪河的水分配到每个角落。需要时，打开闸门，庄浪河水就沿着水渠，流淌到每株玫瑰的脚下。一株玫瑰就是一个细胞，无时无刻不领受着来自大动脉的馈赠。遗憾的是，我没能看到它从苏醒到重焕青春的过程，没能亲眼见证每条水渠的水流从无到有，想来那一定动人心魄。

我明白了，明白庄浪河对苦水玫瑰，意味着什么。

傍晚，我在臻钰坊寓所翻看苦水地区的资料。据当地传说，苦水之所以叫苦水，历来有4种说法。

一说苦水原叫古水，由古河庄浪得名。距今一万年前，苦水川已有原始人群居住。汉代时，由于枝阳县城的设置，苦水川进行了历史上第一次大开发，在金城郡管辖的屯田里种植了大量果木，蔚为大观。故在“古”字之上形象地添加了“草”字头，更名“苦水”，喻为有树木生长和河流存在的地方。

另一说，苦水是因为水苦得名。清代乾隆年间编著的《甘肃通志》中评价苦水为“其地产硝，水味稍苦而得名”。当然，这稍苦的水，想必也来自庄浪河。

还有眼睛说。苦水川位于庄浪河谷末梢，由于庄浪河的冲积，祁连山脉在这里“钟情”地留下了一片独特的山形地貌——南至河口的古城子，北至红城的东咀子，形成了苦水川两头狭窄中间宽阔，似人眼眸的地形。苦水人的方言土语中，眼睛被称为“苦水”，于是采用拟人化的手法，“苦水”一词随之诞生，含有美丽动人的深意。

最后一种接着眼睛说展开。明代洪武年间，苦水川进行了历史上第二次大开发，官府在“眼眸”宽阔地带（今苦水街村）筑城堡一座，名曰苦水湾驿。这座城堡的建筑风格恰如眼睛中的瞳孔一般，栩栩如生。苦水也因苦水湾驿得名。

无论哪种说法，都指向一个基本事实；苦水的得名，在根本上得益于庄浪河。甚至说，苦水之为苦水，全在一条庄浪河。是啊，古往今来，文明的诞生与发展，文化的孕育与传承，哪里不是依赖一条河呢？

我彻底明白了，对苦水人来说，庄浪河是上天的馈赠，是世代繁衍的凭依。没有庄浪河，就没有给养生命的庄稼；没有庄浪河，就没有闻名于世的玫瑰。是庄浪河赋予苦水生命，是庄浪河为苦水注入了灵魂。

漫山遍野玫瑰盛开（永登县农林局、苦水镇政府提供）

臻钰坊就在庄浪河畔，我特意选择了靠近庄浪河的房间。此刻，我躺在床上，感受着庄浪河对苦水川的滋养，感受着大自然的神奇与无私。不知不觉间，万籁俱寂。只有庄浪河水，无言有声。

# 03 宣传干事的历史课

张干事谈起苦水历史，如数家珍。我与平兄听得更是津津有味。坦率地说，我听过许多历史专家的课程与讲座，但今天与以往不同，在苦水听苦水干部讲苦水历史，很有亲切感……

永登县委宣传部的同志告诉我，苦水镇党委宣传部门有位宣传干事姓张，40岁上下，历史系本科毕业，对苦水的历史了如指掌，如果想了解苦水历史，可以咨询他。术业有专攻，高手在民间，三人行必有我师，我与平兄专门拜访了他。赶巧，与张干事同办公室的同志出差在外，这间办公室便临时充作了教室。张干事对我与平兄的造访热烈欢迎，并对我们尊敬有加。当我们请他介绍一下苦水的历史时，他便娓娓道来。

原来早在原始时期，苦水就有人类活动。距今5300—4050年前，苦水处在马家窑、马厂类型文化时期，在苦水境内大砂沟出土的彩陶可以为证。在一次平田整地的活动中，有关人员在苦水乡大砂沟村发掘了马家窑文化时期的彩陶水壶和一部分彩陶碎片。这表明，苦水在4050年以前就有人口分布，原始先民就在这里繁衍生息，为苦水远古文明做出了贡献。这一时期，居于庄浪河谷的苦水，遍布着古人的聚落以及后来的村落，呈现出一派原始生活景象。

夏、商、周时期，苦水聚居着羌族游牧先民。羌族历史悠久，分布广泛，是中国古老的民族之一。自夏代时古羌族的形成到秦代中原王朝统治中国西部以前，羌族是居住在今苦水地区的主要民族。这个民族的强大，对中国历史产生了极其深远的影响。羌族先民们辛勤劳作，创造了中国历史上

苦水今景（平亮摄）

的辛店文化。从西周到春秋战国时期，西北羌族以河湟地区为重点活动区域，繁衍强盛。有文记载：“（羌族人）所居无常，依随水草，地少五谷，以产牧为业。其俗，氏族无定，或以父名母姓为种号，十二世后相与婚姻，父没则妻后母，兄亡则纳釐嫂，故国无鳏寡，种类繁炽。”因此，西周时期，苦水这一风水宝地为羌族人繁衍生息的地方，羌族人在这里放牧牛羊，不事农耕。

西汉元狩二年（前121年）春，汉武帝发动河西之役，派骠骑将军霍去病率骑兵一万，经陇西郡向北，在兰州西部的青石津渡过黄河，又在今西固河口乡的石圈村渡过庄浪河，途经苦水地界北上，穿过庄浪河谷地带，翻越祁连山，直扑匈奴焉支山牧地，转战河西走廊，给匈奴以沉重打击，全胜而归。同年夏天，霍去病又奉命打击匈奴于河西，在匈奴军营中斩杀匈奴兵8000余人，收降4万多匈奴人。自此，河西走廊地区纳入西汉版图，苦水就在其中。最有力的证据是20世纪80年代，在周家庄东山根下出土了两只西汉灰陶罐。这两只灰陶罐灰中透黑，质地坚硬，做工精细，保存完好。西汉始元六年（前81年），汉代因“边塞阔远”，为加强统辖，在苦水设立枝阳县，这是苦水有史以来仅有的一次设置县治事件，治所在今苦水稍南（一说为今苦水堡），属汉金城郡管辖。司马迁在《史记》中说：“汉度（渡）河自朔方以西至令居（今永登县城附近），往往通渠置田，官吏卒五六万人，稍蚕食，地接匈奴以北。”这是西汉中原王朝在兰州地区屯田的最早记录。这次屯田使中原、关中的农业生产技术传入今黄河以北的庄浪河中下游地带，使庄浪河谷地带由原来的畜牧区转变成半牧半农耕区。这也是苦水地区从游牧区变为半牧半农耕区的最早记载，从此该地成为农耕开发的重要地区。

此后千余年，苦水因地处西北少数民族政权和中原王朝政权的交会处，多遭战火洗礼，屡经归属更迭。王莽末年，西海郡被羌族人攻占，苦水归羌族人统辖。东汉建武十二年（36年），金城郡恢复，辖枝阳等10县。三国时代后苦水为曹魏所统治，属南凉广武郡。东晋义熙三年（407年），赫连勃勃亲率两万精骑进入南凉，南凉大将秃发傉檀率大军迎击，两军对阵湟水，赫连勃勃大败而逃，逃走时，将苦水一带居民27000多人和数十万头牲畜席卷而去。北魏时，改置广武郡为广武县，由永登、令居、枝阳三县合并而成。隋文帝时，广武郡被撤，保留所辖的广武县，苦水属广武县辖。唐代武德二年（619年），李世民废金城郡，复置兰州，广武县属兰州，苦水自然属兰州所辖。北宋收复兰州后，与西夏政权隔黄河而治。黄河南岸是兰州，黄河北岸则由西夏所设卓啰和南监军司（驻今永登县红城镇）管辖，苦水属西夏卓啰和南监军司管辖。1234年金被蒙古军队所灭，到1236年，包括今兰州及西夏的卓啰和南监军司所辖之地全部被蒙古骑兵攻占。元代以黄河为界，黄河以北为甘肃行省永昌路庄浪州管辖，辖地包括永登所属地界。元代至元十五年（1278年），设立庄浪州。庄浪系藏语“野牛沟”译音，因永登一带在唐末两宋时为吐蕃和羌族人牧地，牦牛遍地，故有其名。庄浪河也因设置庄浪州得名。明代洪武五年（1372年），改庄浪州为庄浪卫。清代，凉州府的平番县属兰州市管辖。

这期间，除却政治层面，苦水还有几件历史大事：

第一，玄奘取经途经苦水。唐代贞观元年（627年），高僧玄奘自长安出发，西去印度取经，他经过秦州（今属天水市），巧遇去兰州的一行人，便结伴沿渭河西行，经渭源、狄道（今临洮），于贞观三年（629年）到达兰州，在兰州庄严寺住了一夜，次日与凉州人结伴，在兰州城北白马浪一带渡过黄河，经沙井驿，入庄浪河下游，经苦水西去凉州。

第二，洪武年间建苦水堡。洪武十三年（1380年）苦水堡建成。新建的苦水堡呈正方形，周围二里许，城墙连女墙高三丈[1]五尺[2]，底宽二丈五尺，收顶一丈。苦水堡只有南、北二道城门，并建有瓮城，没有东、西门。堡内南北中轴线上设南北正街一道，辐射8条小巷，街、巷均宽一丈二尺，俗有一街八巷之称。南北大街正中与东巷、西巷相交处有3层鼓楼一座，堡四角有角楼，堡墙上建腰楼12座，护门墩楼2座，堡外围有护城小河。

第三，明代，内地居民大举迁入。据现存姓氏谱牒记载，最早迁入苦水堡的是霍姓人；洪武二年（1369年），苗姓人由山西长子县迁入苦水堡内；长龙山王氏于洪武初由金县（今榆中县）迁入堡内；甘姓人于洪武元年（1368年）由南京应天府迁入堡内；薛姓人在建文二年（1400年）由陕西韩城迁入堡内；邓姓人则于隆庆年间由金陵（今南京）迁入堡内；巨姓人于弘治年间由陕西凤翔府岐山县驸马庄迁入堡内；施姓人于嘉靖二年（1523年）三月初八由北直隶天津卫迁入堡内；周姓人在嘉靖二十六年（1547年）由安定（今定西）迁入堡内；缪姓人在嘉靖年间由苏州吴县迁入苦水堡内；杨姓人自明代由安定迁入苦水堡内；李姓人清代由西京（今西安）郃阳县迁入苦水地界。在不同的历史时期，迁入苦水繁衍生息的还有常、姬、赵、魏、马、曹等姓氏的先民。

第四，移民开发苦水。随着移民的不断增加，苦水的人口大量增加，对苦水的开发、建设建立了不可磨灭的功绩。这些先民大都从中原地区迁入，带来了中原地区的农耕技术和文化遗产。可以说，苦水的大发展始于明代，这期间，汉文化得到长足发展，并与少数民族文化融合，形成了多元一体的地方特色文化。先民们在此垦荒种田，开渠引水灌溉，植树造林发展林果业，逐渐使苦水这一古老的河谷台地成为沃野良田。

第五，左宗棠兴办义学。清代同治五年（1866年）九月，左宗棠调任陕甘总督。主政期间，他重视教育，倡导陕甘分闱。同治十三年（1874年）七月，左宗棠从兰州到河西肃州督师，途经苦水。当时苦水界内仅有两所义学，清代乾隆五十八年（1793年）三月创办的李佛镇（今苦水镇）南峰义学和清代道光年间创办的苦水堡新设义学。左宗棠觉得镇域广大，义学太少，限制了读书人。他召集地方官员和地方绅士、富户家长开会商讨增办义学之事，后来就由官员和绅士赞助，在苦水街北街财神庙对面增建义学一处。后来，人们为纪念左宗棠扶持、督励义学，集资在新增义学南临街处修建牌坊一座，名为左宗棠牌坊或左公大牌坊。

苦水经过4000余年的风霜雪雨，拥有三大历史标记：

第一，苦水丝路。沙漠绿洲丝路是北方丝路的主干道，全长7000多千米，分东、中、西3段。东段自长安至敦煌，长安以西分3线：北线由长安沿渭河至虢县（今宝鸡），过汧县（今陇县），越六盘山固原和海原，沿祖厉河，在靖远渡黄河至姑臧（今武威）；南线由长安沿渭河过陇关、上邽（今属天水市）、狄道、枹罕（今临夏），由永靖渡黄河，穿西宁，越大斗拔谷（今扁都口）至张掖；中线与南线在上邽分道，过陇山，至金城郡，渡黄河，溯庄浪河，翻乌鞘岭至姑臧。中线后来成为主要干线。苦水地踞河西走廊入口之要塞，为东西大道之咽喉，是中线丝路必经之地。苦水川境内的丝绸之路，以苦水堡为中心，形成数条坦途。随着民国年间整修甘新公路，中华人民共和国成立后拓建兰新公路，如今，苦水境内的古丝绸之路均成为乡村小道，甚至有的已经废弃，并退路为田。

第二，苦水堡驿站。苦水堡曾是丝绸之路上的重要驿站。据清史记载，清代永登有8驿，其中甘新大道有5驿，西宁坦途有3驿，因而“永登多驿站”之说在清代为最。苦水堡为“永登之外卫，兰州之屏障”，以驿站而驰名于丝绸之路，以“陇上小江南”闻达于陇右。南下兰州100里，北上永登亦100里。南临黄河，北踞隘口，名不虚传地成为永登南大门之第一驿站。苦水堡驿站的管理部门，在今苦水街东北角处，从钟鼓楼东小巷可直达驿站。在苦水堡驿站，让人津津乐道的是门上的木雕楹联：“铁骑飞踏陕甘道，驿站频传捷报声。”至清末民初，随着电报业的普及发展，苦水堡驿站逐渐废除停用，之后又被拆毁。驿站，这个曾经为苦水堡带来光彩与繁荣的联络站，已成为特殊时代的特殊产物，湮没于历史长河。

第三，苦水长城。公元前121年，西汉收复河西后，便把长城由朔方沿黄河延长修筑至令居，随后从令居分段延长到玉门。永登境内的汉长城，从咸水河中部（今永登树屏镇下滩村附近）开始。从这里沿河谷向北，经过树屏镇陈家台、观音寺、柴家坪西、大同镇青寺村东、南坪、孙家滩、马家坪沙沟、北同、柳树村荒滩、史家湾、安门、复兴雷家坪、教场沙沟、黄徐沟口、武胜驿镇最后进了天祝县境内。但也有学者指出，从咸水河中部沿河谷南下，穿过大扎玛岭，经苦水咸水河之地，向南一路直到河口的咸水川入黄河处，都有汉长城的修筑遗迹。明长城始自兰州黄河北岸的沙井驿，沿咸水河北上，至苦水街红砚沟附近翻至庄浪河川，大体上沿庄浪河东岸北上，即沿今甘新公路，长约

90千米。

张干事谈起苦水历史，如数家珍。我与平兄听得更是津津有味。坦率地说，我听过许多历史专家的课程与讲座，但今天与以往不同，在苦水听苦水干部讲苦水历史，很有亲切感。我们向张干事道谢，感谢一日师恩，随即道别。回去的路上，平兄说："苦水的历史很丰富，但已是过去，苦水的新历史，将由玫瑰参与写成。"

## 注释

[1] 1丈约等于3.33米。

[2] 1尺约等于33.33厘米。

# 04 王秀才引种玫瑰

苦水本不产玫瑰，苦水玫瑰是外来物种，是清代中后期被引种到苦水的。对于引种者，并没有什么争议，是一个叫王乃宪的人，这在苦水尽人皆知……

苦水本不产玫瑰，苦水玫瑰是外来物种，是清代中后期被引种到苦水的。对于引种者，并没有什么争议，是一个叫王乃宪的人，这在苦水尽人皆知。对这类地方名人，我与平兄却是万难知道的，于是查阅资料，多方了解。

王乃宪，字光世，号子慎，苦水镇下新沟村李窑沟人。他以号自称于世，所以在苦水百姓中间，许多人只知有王子慎，不知其大名为王乃宪。王乃宪生于清代嘉庆二十三年（1818年），卒于光绪三十三年（1907年），享年89岁，在今天也算高寿了。

他曾大胆引进桑树苗，种桑养蚕，还曾试种水稻。种桑相对容易理解，历史上陕甘地区也有大规模种植桑树的记载，而种水稻却是匪夷所思的。要知道，水稻一般长在南方，因为其生长需要大量水分。在相对干旱的西北地区种水稻，即使在今天，也算创举了。无论是种桑还是种稻，在当时他都取得了一定的成功。王乃宪曾自撰一联，张贴在家门口，曰："补地缺以养蚕，远绍西陵事业；破天荒而种稻，居然南国水田。"[1]晚年时，他对天文学产生浓烈兴趣，传说曾自制周髀浑天铜仪，还著有《天文图说》。王乃宪仰望星空，充满了对未知宇宙世界的探索精神。用今天的话说，他是一位科学技术的爱好者和实践者，如果生在我们这个时代，可能成为一名科学家。然而，在当时，他之所以如此，与其说是科技探索，不如说是实践经世之学。

明末清初，经世之学大兴，形成了一股很有影响的社会思潮。代表人物有顾炎武、黄宗羲、王夫之、李颙、颜元、李塨、王源等。清初学者在总结明亡经验教训的基础上，深感明代学风空疏不实，对国家造成了不良的影响，"书生徒讲义理，不揣时势，未有不误人国家者"。他们主张学术反虚就实，提倡经世致用的真学问和"以实为宗"的新学风。这种学风的特点是务当世之务，康济时艰，反对脱离社会实际；勇于任事，不务空谈，“生存一日当为民办事一日”；致力于创新，绝不蹈袭前人；实事求是，注重调查研究。其研究范围，几乎涉及学术的一切方面，包括政治、经济、军事、国家、民族、法律、边疆、地理、人情、风俗、自然、科学等，“事关民生国命者，必穷源溯本，讨论其所以然”。清代后期，第一次鸦片战争之后，清政府腐败无能，西方资本主义侵略日益加深，国家面临着生死存亡的局面。在这种情况下，经世致用之学再度兴起，代表人物是魏源、龚自珍以及稍后的康有为。他们以今文经学为主干，继承和发展了明末清初的经世致用精神，借经书的“微言大义”发挥自己的社会改革主张，这场运动在救亡图存的旗帜下，揭开了历史的新篇章。而王乃宪，就是经世致用思想的一个力行者。

然而，王乃宪的主要身份，却是秀才，人称王秀才。明清时代，秀才专指府（或直隶州）学、县学的生员，是读四书五经而进学者的专称。要取得这种资格，必须在学道或称童子试获得取录。不论年龄，应童子试的都称童生。鲁迅小说《孔乙己》《白光》的主人公孔乙己、陈士成在童子试中多次落第，人已老，都还是童生，称为老童生。如果县、府、院三试都被录取而进入府学、州学或县学的，称为进学，通名生员，这就是秀才的俗称。生员除了要经学校、学官的监督考核，还要经过科考选拔（未取者有录科、录遗两次补考机会）方可参加本届乡试，即各省举行的考试，考中者为举人。

王秀才是一个努力考取举人的秀才，可惜未能如愿。道光、咸丰、同治三朝，王秀才屡赴陕西西安参加科举考试，均未能荣登榜单。而正是在这期间，王秀才从西安带了一株玫瑰回到苦水，种在了自家庭院。从此，苦水开始有玫瑰。

然而，王秀才到底什么时候将玫瑰从西安带到苦水的，尚有争议。

目前为止，有两种比较流行的说法：一说光绪元年（1875年）；一说道光年间，具体未知。

第一种说法占主导地位。那一年，王乃宪57岁，正遇朝廷庆典，特开恩科。王乃宪再度赴陕西参加科试（乡试之前的考试，通过者才能参加乡试），结果“因额满见遗”。王乃宪更觉仕途艰辛，无心再参加科举考试，便决心回家，将自己平生所学奉献于家乡。这时，他从西安带回一株玫瑰苗。第二种说法虽居劣势，却也并非没有可能。道光皇帝于1821—1850年间在位，王秀才生于1818年，假如他从20岁开始考举人，那么的确有可能在1838—1850年间从西安带回玫瑰苗。

然而，针对第一种说法，坊间传言，苦水镇文化站缪站长有不同意见，而且言之有据。我与平兄为探究竟见到了缪站长。缪站长好客得很，听说大学里来人了，希望向他请教问题，非常积极。我们在一家餐馆坐定，叫了一壶茶。茶叶还没沏开，缪站长已然按捺不住，迫不及待地问：“你们想了解哪方面的情况？”这样倒好，省却了寒暄。平兄说：“听说您对王秀才在光绪元年引种玫瑰一事存有异议？”缪站长听罢，并未思索，就答道：“准确地说，我对王乃宪引种玫瑰的时间没有异议，应是光绪元年不虚，但对他去西安的原因持有异议。一般认为，王乃宪是去西安参加科试。但是这种说法忽略了一个基本历史事实，即左宗棠任陕甘总督期间，实现了陕甘分闱，并于光绪元年在甘肃兰州举办了首次乡试。也就是说，光绪元年之前，甘肃考生要去陕甘总督驻地西安府参加乡试，而从光绪元年开始，甘肃考生只需要到兰州就可以参加乡试了，不必远赴陕西。”

缪站长说的确有其事。据资料显示，历史上陕甘原为一省，康熙二年（1663年）甘肃始从陕西划出，自成一省。至同治时，虽已过去两个世纪，甘肃乡试仍与陕西合并举行，贡院仍设在西安。甘肃学人赴陕参

苦水镇文化站缪站长（平亮摄）

加乡试，路途遥远，来回少则一两个月，多则三四个月。花费更令一般贫寒士子望而生畏。有资格参加乡试的学子，能参加者至多十之二三，这严重阻碍了甘肃文化事业乃至经济的发展。为发展甘肃文化事业，左宗棠奏请甘肃乡试分闱，分设甘肃学政。奏请得到朝廷恩准。左宗棠从各州县募捐50万两白银，在兰州兴建了甘肃贡院，地址在今天兰州萃英门内的兰州大学第二医院院内。甘肃贡院坐东向西，纵深460多米，横阔300米，外筑高垣，内建试院，一次可接纳4000多名考生应试。甘肃贡院规模之宏大，建筑之壮观，在当时各省贡院中屈指可数。光绪元年（1875年）六月贡院落成，八月举行了甘肃分闱后的首次乡试，应试者约3000人，盛况空前，比以往赴陕参加乡试的士子多出两三倍。左宗棠看到许多应试者衣衫褴褛，犹如乞儿，不少人的川资，还是由地方官代为筹集。左宗棠说，他也是寒士出身，回想当初仆仆道途，金尽裘敝，人困驴嘶，不禁长叹。分闱后第三次乡试，左宗棠对安西州应试的19名士子及肃州应试的43名士子，每人补贴8两银子作为费用，参加省城乡试。对于乡试中后到北京参加会试的学子，则每人资助20两或30两银子。甘肃乡试分闱，中额增加，使得甘肃人文渐盛。这与左宗棠对发展甘肃文化教育事业所做出的贡献密不可分。

既然当时陕甘已经分闱，王秀才去西安干什么呢？未等我们问，缪站长津津言道："王乃宪去西安，实际是工作，而不是应试。他屡试乡试不中，但并未消沉，而是在西宁谋了个差事，似乎是给领导当秘书。当时恰好是陪领导出差，到了西安。"

缪站长的这个说法颇具现代意味，当时不会称领导为领导，也没有秘书这个称呼，但他的意思，我们是完全可以领会的，也确实有据可查。据资料记载，王乃宪一生喜读书，早年虽然科举考试未中举人，但后来以生员身份在西宁府任职。所以，缪站长的"出差说"很可能成立，而取代"考试说"。当然，这并不能说明"道光年间考试说"不成立。

在缪站长这里，王秀才赴西安的问题得到了推进。但问到王秀才带回玫瑰苗的原因，缪站长只提供了一条线索，说是一位僧人送给王乃宪的，至于具体原因，并不知道。我与平兄都是打破砂锅问到底的人，并不满足于这个答案，于是又多方打探。高手在民间，据说一位王老汉知

娇滴滴的玫瑰花（永登县农林局、苦水镇政府提供）

道细节，于是我们又去拜访了王老汉。

王老汉很老实，说话慢条斯理。他说："王乃宪从西安回苦水之前，专程去西安达摩庵朝拜，并在风火庙结识了佳庙高僧。因为交谈投机，二人结成知己。高僧亲自传授他养蚕缫丝和栽培玫瑰花的技术，还赠送王乃宪蚕种、桑树苗、玫瑰植株，让他带回家乡栽培。王乃宪从西安带回玫瑰苗、蚕种、桑树苗后，在苦水下新沟之李窑沟培植桑树成功，又在梁子磨栽培玫瑰苗获得成功。玫瑰初为庭院观赏，其花繁盛，芳香馥郁。随着知者渐多，引种栽插者不断增加，遂移植于亲戚、故旧之庭院、田埂及路旁水渠边。由于玫瑰生长对土、肥、水要求不高，生命力极强，从此以后，玫瑰种植便在苦水川逐渐兴盛。"

王老汉的这个说法总体合情合理、顺理成章，还与王秀才种桑养蚕的故事联系起来，令人信服。但深入思考，其中尚有可疑之处。种桑养蚕，有益百姓，无论是佛家的僧人，还是儒家的士人，都愿为之。但玫瑰，在王老汉的说法中，其药用、食用等诸多效用，在当时并不为王秀才所知。王秀才引回的玫瑰，只种在房前屋后用于观赏，后来人们才渐渐挖掘出其经济价值。而我们知道，玫瑰相比于其他花，观赏价值并不高。那么，高僧偏偏送了没什么价值的玫瑰苗，王秀才又偏偏把它千里迢迢带回苦水，个中缘由，令人迷惑。如果高僧送的东西很多，玫瑰与桑蚕只是其中部分，倒还说得过去，但实在没有记载高僧在送桑蚕与玫瑰之外，还有什么。

我们将这个疑问说与王老汉。令人意外的是，王老汉仍然不慌不忙，淡定地说："这个问题也有传说。据老人们讲，王秀才去达摩庵朝拜风颠，风颠夜里托梦给王秀才，点化他带回玫瑰苗，日后有大用处。一说是风颠托梦给佳庙高僧，让他给王秀才带回玫瑰苗，供苦水人种植。无论哪种说法，都将王秀才引种玫瑰，视作风颠的点化。"

回去的路上，平兄总结说："王秀才为苦水引种玫瑰，看来确凿无疑。王秀才去西安，如果是道光年间，可能是应试；如果是光绪年间，应该是'出差'。王秀才出于经世致用、造福家乡的动机，受高僧指点，带回桑苗蚕种；出于不明原因，也许为了观赏、陶冶心性，也顺便带回了玫瑰苗，结果歪打正着，开创了苦水历史的新纪元。"我说："也或许真是风颠的点化。资料记载，王秀才晚年隐居于家，好佛学，周济乡邻，做慈善，或许是受风颠点化，与佛学结缘的缘故吧。"

风颠是活跃于康熙年间的苦水高僧，圆寂于康熙四十九年（1710

年）。他在苦水留下的传说，精彩程度绝不逊于王秀才。而风颠的故事，只能留与后文详解了。

## 注释

[1] 《永登县志》，甘肃民族出版社1997年版。

# 05 苦水玫瑰的现代脚步

苦水玫瑰走到今天，一路上，有过寂寞，有过惊喜，有过低谷，有过高潮。但这些过后，终是平稳。今天的玫瑰，至少对农民来说，已经占据了它应有的位置……

想当初，王秀才从西安带回桑树苗、蚕种、玫瑰苗时，似乎并未对玫瑰寄予厚望。种桑养蚕是现实生产力，成效不仅可以预期，而且立竿见影。只要一个人试验成功，其他人一定奔走相告、纷纷效仿。事实也是如此，据资料记载，在王秀才的带领下，苦水曾一度掀起种桑养蚕的热潮，对解决民生问题发挥了重要作用。王秀才也很自豪，在自家门楹上题写对联，上联即为“补地缺以养蚕，远绍西陵事业”。与桑蚕相比，玫瑰却似进了“冷宫”，没有太多人待见它。王秀才在自家花园中为玫瑰腾出了一块地，任其自生自灭。毕竟，比起那些枯树野草，玫瑰开花时尚有几分颜色，仔细闻来，或还有几许花香。

出人意料的是，这玫瑰苗倒是自强不息，没多久就长得茁壮起来，而且从王秀才的花园蔓延出来，在地埂上也扎了根。人们可能并不知道，这种植物非常适应苦水的土壤、气候等环境条件，并不需要多少照料，就能旺盛生长、花繁叶茂。人们对它并不留意，但它却从未停歇。又一个春夏之交，满目苍黄的苦水终于添了一点儿绿色。但是，红色毕竟是奢侈的。而王秀才花园中的玫瑰开花了。曾经，它也开过花，但那时规模尚小，并未引起太多注意。此时今非昔比，它不仅长大了，还拥有许多同类。它们约好，一起开花，一起绽开鲜艳的色泽，一起释放袭人的花香。一株和一片，差异太大了，一株可能并不起眼，也只是偶有淡淡清香，一片却必然吸引人眼球，只要清风拂过就有花香沁人心脾。这一回，它被苦水人选中了。因为鲜花在干旱少雨的苦水是罕见的，何况还有香气。更美丽的花朵比比皆是，却春风不度苦水川。在苦水人看来，玫瑰是难得的花。所以，人们竞相栽植。

然而，此时玫瑰的价值，还止于观赏。我国西北地区不比东部和南方地区自然条件优越、物产丰富，它的土壤是贫瘠的，严寒和干旱注定了食物的稀缺。所以，苦水有限的耕地都要种植勉强糊口的粮食，这是玫瑰所不能替代的。人们栽植玫瑰，只在房前屋后、厅堂院落和地埂、田头、渠畔。虽然如此，这并不能阻碍玫瑰的扩张。一时间，不仅整个苦水都有玫瑰的足迹，周边地区也有玫瑰问津。就这样，玫瑰在苦水地区扎了根。此后的半个多世纪，以苦水为代表的地区没有间断对玫瑰的栽植。栽植同时也是选育的过程，经过人们不断选择，最终形成了今天的品种，即苦水玫瑰。

这，就是苦水玫瑰的"古代史"。这段历史是我与平兄从资料中整理出来的。我对平兄说："'古代史'，资料是权威的，因为我们的身边不再有古人。但它的'现代史'，或许老人们的口述更靠得住，有些事情，他们是亲历者。"平兄说："那我们去找'亲历者'吧。"苦水镇政府旁边有一个市场，它与镇政府都在国道边上，是苦水的商业中心，也是最繁华的地方。印象中，有许多老年人在路边消遣。所以，我与平兄出臻钰坊，去那里寻找"亲历者"。

果然，见到一位老爷爷，满头白发，精神矍铄，文质彬彬，有些文化的样子。平兄说："可能不会说普通话吧，不知道能否顺利沟通。"我说："试试看。"上前搭讪，比较顺利，大爷说话勉强可以听懂。他说姓施，今年87岁了，是知识分子，曾当过学校校长。当我们问及玫瑰什么时候成为商品时，他突然健谈起来，道："玫瑰开发为商品，大概是从20世纪30年代开始的。最开始，玫瑰被农家妇女用作蒸馍馍的添加物。从那以后，人们才逐渐发现玫瑰可以食用，具有商业价值；后来人们发现玫瑰还可以酿酒。据我父亲说，那是在民国二十年（1931年）前后，外地商贩来苦水，竞相收购玫瑰花瓣，运往兰州、天水、西安等地，做酿酒、制糕点的配料。这是我所听过的苦水玫瑰体现商业价值的最早说法。我记得，兰州解放那年（笔者按：兰州于1949年8月26日解放），曾有一次统计，全乡有玫瑰2000多丛，年产鲜花7000公斤[1]左

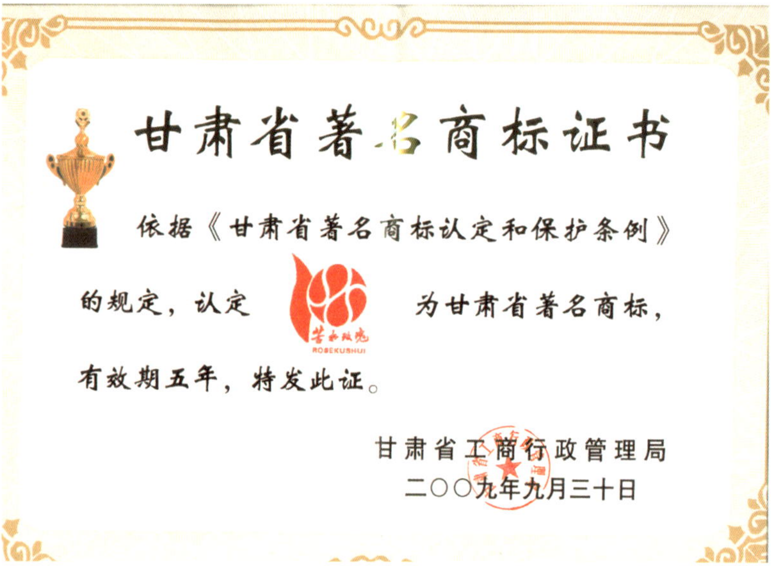

甘肃省著名商标证书

依据《甘肃省著名商标认定和保护条例》的规定，认定　　为甘肃省著名商标，有效期五年，特发此证。

甘肃省工商行政管理局
二〇〇九年九月三十日

苦水玫瑰：甘肃省著名商标证书扫描件（永登县农林局、苦水镇政府提供）

右。这在现在看来可能九牛一毛，但在那时也算小有规模。20世纪50年代，每年鲜花产量大约有1万公斤。1957年那一年，种了5000丛，产鲜花1.05万公斤，仅卖到外省制玫瑰酒的就有0.5万公斤。那是我年轻时的记忆，记得特别清楚。”

我们见施爷爷思路清晰，表达清楚，并不像一般年近九旬的老人，就想趁热打铁问下去。施爷爷沉思片刻，正欲张口，突然眼前一亮，指着一位来人道：“后面的事情，你们可以问他，他是镇上干部，更了解情况。”我们顺着施爷爷手指的方向望去，看到一位中年男人向我们走来。他年过五旬，身着衬衫，虽一团和气，却掩不住几许威严。施爷爷给我们引见后，我们问他是镇上的什么领导，他从容一笑，淡然道：“不是领导，只是普通工作者而已。你们有什么问题，我知无不言。”

看来，基层并不缺乏谦虚低调的领导干部。

在我们的询问下，他开始向我们讲解："对苦水玫瑰开发利用的一个转折点，是1960年。1960年，在国际市场上，每两品质好的玫瑰精油相当于三两黄金的价格。正是在这一年，甘肃省轻工业科学研究所的一名技术专家通过实验，在苦水下新沟大队第一次提炼出玫瑰精油104克。从此，玫瑰的精油时代开始了，苦水的玫瑰种植和玫瑰产业也进入了前所未有的上升期。1970年，苦水种植玫瑰9万多丛，鲜花产量达到16万余公斤，比50年代增加了10余倍。这时，苦水玫瑰的用途，以加工玫瑰精油和玫瑰糖浆为主，同时也有天津、新疆和田等地用它酿制玫瑰露酒和玫瑰葡萄酒。1975年，又是苦水玫瑰发展的一个关键点。因国家香源紧张，进口困难，轻工业部为甘肃省一项科研项目'玫瑰优良品种的培育栽培和提油工艺设备'投资10万元，在苦水公社建成年产50公斤的玫瑰精油加工厂，这是全省第一家玫瑰加工厂。这不仅表明苦水玫瑰精油生产已被列入国家科研任务，也说明人们进一步把目光投向玫瑰精油的提取。然而，凡事从来不是一帆风顺，接下来的1976年，由于玫瑰系列产品滞销，苦水20余万株玫瑰向外地客户转卖，玫瑰骤降至2万株，产量大幅度下降。幸好在1978—1980年，玫瑰又发展到11万丛，玫瑰鲜花及玫瑰精油产量有所回升。这就是苦水玫瑰20世纪六七十年代的历史。"

他的讲解如数家珍，令人钦佩。我与平兄并没有想到，地处偏远的苦水，竟在玫瑰上做出了文章。我们继续问80年代的情况。

他未加思索地说："总体上看，在80年代末以前，苦水玫瑰处于上升发展期。80年代初期，1公斤玫瑰精油与1.2～1.5公斤黄金等值，故有'液体黄金'之称。在这个前提下，省、市、县都把玫瑰当作拳头产品，给予各种优惠政策鼓励其发展，苦水玫瑰很快由零星种植向连片化

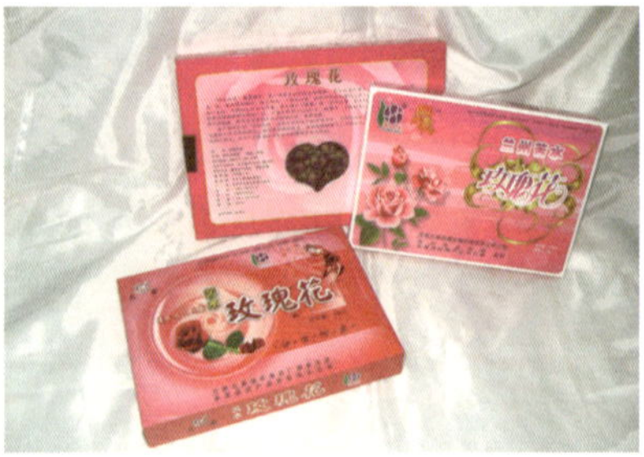


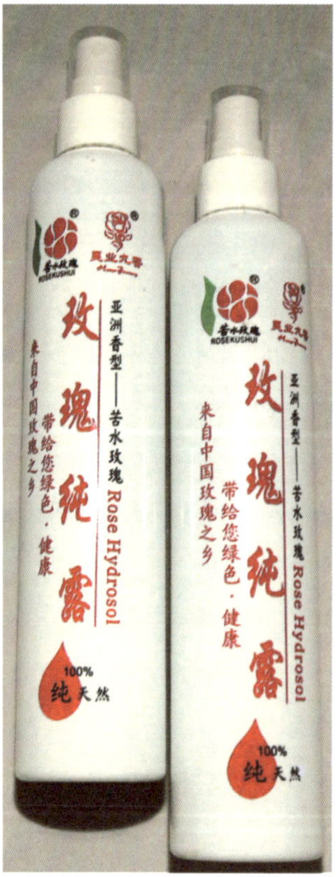

种类繁多的玫瑰产品（永登县农林局、苦水镇政府提供）

发展，近则发展到西槽、树屏、东山、红城、龙泉寺、柳树、河桥、连城、大同、城关等乡镇的许多村庄，远则向西北、华北地区辐射。苦水玫瑰种植进入高潮期。1982年，全县成片种植面积达4857亩[2]64.43万丛，零星种植达18.53万丛，加工玫瑰精油22公斤，浸膏51公斤。1986年更进一步，种植面积达6304亩，鲜花产量达129.97万公斤，加工精油112公斤，浸膏50公斤，产值102万元左右。1987年，鲜花产量为183.97万公斤，达历史最高水平。到80年代后期，永登玫瑰种植面积达到8100亩，农民光玫瑰花收入就有256万元，玫瑰产值占到全县农业总产值的30%。苦水这个小地方一下子涌现出近20家玫瑰精油加工厂，年产玫瑰精油600多公斤，占到当时全国总量的80%。与此同时，围绕玫瑰，也有一些‘历史大事件’。1981年，成立永登县玫瑰研究所；1982—1983年间，从国内外引进玫瑰品种8个；1984年，兰州市人大常委会讨论通过，将玫瑰花作为兰州市市花；苦水玫瑰还以‘花海玫香’入选‘兰州十景’之一。”

看到他谈起玫瑰来眉飞色舞，我趁势问道：“那后来呢？”他本已进入慷慨激昂状态，却突然眉头紧锁，显然对“后来”并不满意。他淡淡地说：“80年代末—21世纪初，是苦水玫瑰发展的波动、低谷期。由于缺乏对市场行情的了解，发展盲目，永登玫瑰从巅峰坠入谷底。玫瑰精油出口锐减，花价大跌，甚至无人问津。1988年，玫瑰精油压库500公斤，生产呈下降趋势，出现出卖玫瑰苗木资源的势头。为缓解困境，政府曾想打开国际市场，出口法国，可惜永登玫瑰与国际通用香型不符，不合外国人的‘口味’，这条路未能走通。90年代，因盲目扩大生产，忽视产品的科学管理和产业链延伸开发，玫瑰发展进入低潮期。玫瑰的收购价格一落千丈，农民开始大面积砍、挖玫瑰，成片的玫瑰田逐渐消失，大部分玫瑰精油厂被迫关闭，农民的希望与玫瑰一起‘枯萎’

了。90年代中期，苦水尝试加工玫瑰干花蕾，但由于受技术和资金的制约以及管理松散、市场竞争无序、产品附加值低等不利因素的影响，玫瑰企业发展举步维艰。2000年后，玫瑰价格更是逐年递减。2000年，鲜花蕾、干花蕾、鲜花每公斤分别还能卖到16元、70元、13元；2001年每公斤却只能卖到14元、60元、10元；2002年则更低，每公斤仅为11元、40元、8元。特别是2003年‘非典’蔓延时，正值鲜花采摘期，外地客商近乎绝迹，本地加工又不能尽力，只能眼睁睁地看着玫瑰凋落，产量及经济收入锐减。这期间，虽然也取得了一点成绩，比如1990—1993年与中国科学院地质研究所合作，成立了中国科学院永登玫瑰资源开发中心，1998年苦水玫瑰通过了国家出入境检验检疫局组织专家小组的鉴定，获得了‘国际护照’，但这些并未改变玫瑰产业发展的颓势。”

谈话在失落中结束。之所以没有继续咨询他，是因为后面的事不是秘密，在政府相关文件与资料中记录详细。2006年开始，苦水玫瑰进入恢复与发展期。玫瑰产业稍有起色，却并未恢复元气。2009年，苦水玫瑰种植面积达7000余亩，鲜花总产量达280万公斤，经各种手段深加工后，产值达7000万元以上，创历史新高。2010年，苦水玫瑰种植面积达10000余亩，鲜花总产量达到400万公斤，经各种手段深加工后，产值达1.4亿元以上。2012年，苦水玫瑰种植面积达到2万亩，其中，规模连片种植1.6万亩，年产鲜花量达780万公斤，玫瑰系列产品开发达200种以上。2014年，全年玫瑰鲜花蕾价格达到15元/公斤，仅此一项，全镇农民增收3000万元，人均增收1000元。玫瑰已经成为苦水甚至永登的主打产业，并已成熟运行。“成熟”意味着，它不像精油紧缺时代农民可以获得超值收入，也不像低谷时期人们弃如敝屣，它可以保持应有价值，在市场调节的合理限度内小范围波动。

苦水玫瑰就是这样从“古代史”迈进“现代史”。我对卫兄说：

“苦水玫瑰走到今天，一路上，有过寂寞，有过惊喜，有过低谷，有过高潮。但这些过后，终是平稳。今天的玫瑰，至少对农民来说，已经占据了它应有的位置。”平兄说：“不知你是否注意过，创造苦水玫瑰‘现代史’的，有一位关键人物，是他，从玫瑰中提取了精油。”我说：“没错，那我们去探寻一下他的故事吧！”

## 注释

[1] 1公斤等于1000克。

[2] 1亩约等于666.67平方米。

# 06 顾先生提炼精油

说到"液体黄金"，就会想起顾先生。他不是文人，也不是伟人，他只是一个与玫瑰结缘的有心人。就是这个默默无闻的科技人员，在苦水创造了萃取玫瑰精油的传奇，使名不见经传的苦水玫瑰登上了大雅之堂，跻身世界香料行列……

苦水玫瑰从“古代史”迈入“现代史”的一个重要拐点，是精油的提取。苦水玫瑰精油提取技术的发明与改进，生产环节的探索与实践，当然是由几代人前赴后继共同完成的。但其中有一位代表性人物不得不书写一番。在某种意义上讲，是他将苦水玫瑰带入现代。他就是甘肃省轻工业科学研究所的技术专家顾先生。令我们后辈惭愧的是，他的名字到底是顾怀笃还是顾笃怀，已经无法确认。在现存各类资料乃至新闻报道中，有的称顾怀笃，有的称顾笃怀。索性，我们就称顾先生吧。顾先生的事迹在苦水广为人知，又有各种资料、报道记录，整理出来并不困难。我与平兄经过梳理，将顾先生的事迹呈现出来，以飨读者。

1960年时，顾先生还是甘肃省轻工业科学研究所的一名年轻的技术人员。年初，他到上海参加轻工业部召开的油脂化工会议，会议结束时，有关同志向大家通知，全国香料工作会议即将在杭州召开，欢迎大家参会。顾先生出于专业兴趣，赴杭州参加了全国香料工作会议。就是这个偶然的机会，让他了解了玫瑰。他第一次知道，玫瑰是天然香料的原料，玫瑰精油是高级香精中的名贵原料之一；国际市场上，每两品质好的玫瑰精油相当于三两黄金的价格；玫瑰精油保加利亚所产最有名，年产可达一吨，而我国辽阔的土地上，年产玫瑰精油才几十斤，供不应求，外国进口还要受卡；我国仅有山东、上海产玫瑰精油；提取玫瑰精油的工艺在国内是一个有待研究的项目……然而这时，他并不知道，在距离他工作地点不远的永登县苦水镇，就有大量的玫瑰。

“我第一次听到苦水有很多玫瑰的时候，是在1960年5月左右。那时候我在甘肃省轻工业科学研究所工作。有一天，我到一家食品厂，见到了用来做糕点的玫瑰酱。闻了闻味道，很独特的一股清香的味道，随后又用手指蘸了点尝了一下，甜丝丝的。于是我向食品厂的工人师傅请教，问它是什么东西，是干什么用的。从工人师傅口中我得知，这

玫瑰精油生产线（永登县农林局、苦水镇政府提供）

（玫瑰酱）是由玫瑰腌制的，在距离兰州不远的永登苦水公社玫瑰多得很。……玫瑰花开有3个花期，即头花期、升花期和末花期，每年端午节前后是玫瑰花的升花期，也就是玫瑰花盛开最旺的时段，这个周期有7～10天。听到苦水玫瑰的时候距离端午节没有几天了，于是，趁着一个星期天休息的时候，我就搭上班车去苦水了。那时候庄浪河上还没有桥，所以，过河的时候只能蹚水而过，第一次见到那么大片的玫瑰花，说真的当时的感觉可以说是震惊，很兴奋。这之中，一个叫下新沟大队的玫瑰（种植面积）为最大。”顾先生在接受采访时曾如是说。据记载，当时苦水玫瑰已发展到6万多株，鲜花总产量达20多万公斤。除了

玫瑰科研工作者（永登县农林局、苦水镇政府提供）

欣赏，当地群众利用它做糕饼、糖食等，并吸引酱园、酒厂、港口、外贸企业前来收购。

第一次去了苦水之后，顾先生又去过几回，每去一回，心中的兴奋劲儿就增加一分。他想，如果得到有效开发，苦水公社将成为天然香料仓库，将上为国家、下为百姓做出重要贡献。他发誓绝不能让这么好的资源白白地“搁着”，决心要挖掘这份资源，提炼出甘肃的玫瑰精油来。

顾先生随即向甘肃省轻工业厅做汇报，提出立一个提取玫瑰精油的科研项目。甘肃省轻工业厅和轻工业科学研究所对顾先生的汇报十分重视，立即确定以顾先生为技术员，抽调轻工业学校的10余名师生和所属工厂的两名工作人员，组成提炼玫瑰精油实验小组。

“实验小组成立后，我立刻再度奔赴永登，直接驻扎在了下新沟大队，和我一起的还有10多个省轻工业学校的老师和学生。我们租借了几间民房，盘起了火灶，架上锅，安好蒸馏器，在简陋又艰苦的条件下开始了提炼玫瑰精油实验。白天，我们一起在田野、沟洼采玫瑰花，晚上，我就在灶旁细心观察。当时，可以说就没有什么设备可言，即使有也就是简陋得不能再简陋的一些蒸馏器而已，观察蒸馏的每个环节，需要两个小时做一次记录，而一个流程要做数次分析，就这样，靠着最原始的技术方法，我们连轴干了近一个月，经过几百次的实验，终于从普通的花朵中成功提取了香气宜人的玫瑰精油。”顾先生曾在接受采访时回忆说。据说，提油需要大量的水，顾先生就带大家从沟底一桶桶地挑。为了观察蒸馏每个环节的变化与成败，他夜夜睡在灶旁。

然而，当地人并不相信玫瑰还能提出油。据说，许多当地人对这个频频造访的技术员的意图并不理解。当地小孩子见到他又来了，就追在身后喊：“收花子的来了！”而等到玫瑰精油被提炼出来之后，人们对顾先生的称呼也就由“收花子的”变成了“顾技术员”。

“到现在我还记得，第一次提取出了104克玫瑰精油，随后，玫瑰精油就被送到上海香料研究所进行品评鉴定。‘香气正常，与山东平阴玫瑰精油相似，质量较好。’鉴定结果传来的那一瞬间，我真是很激动也很感慨，后来，苦水公社把实验成功的一点玫瑰精油卖给了国家，一次就收到了990元。在那个时候，这可算是一笔不小的收入呀。”顾先生说。已有多年玫瑰栽培历史的苦水人民，头一回感到如此自豪。鸡窝里飞出金凤凰，苦水的玫瑰精油一下子跨入国家香料行业的大门。

小量提取实验的成功，既鼓舞了顾先生，也拉开了他智慧的闸门。他从观测记录中发现了一组数据，玫瑰的出油率曾从0.01%提高到过0.05%。如何能使苦水玫瑰出油率达到并保持最高点，成为需要攻克的主要问题。他急切地把其中几个关键问题带到生产中研究证明，比如花的质量、采花时间、储存方法、蒸馏提油工艺、头油和复油分解等。

1965年，玫瑰尚未开花，顾先生就来到了苦水，仍驻扎下新沟，发动社员加强田间管理，施肥、浇水、整枝、压苗，力求把玫瑰花养个“胎里胖”。过去人们认为，鲜花采摘的最佳时间是在太阳出来之前。顾先生对此表示怀疑，他研究了苦水地势、气候的特点，还多次蹲在地头花丛中连续几个小时，观察花儿开放的全过程。他觉得，苦水夜晚寒气较大，玫瑰花入夜后全都紧包花蕾，拂晓时花草树木洒满露水，太阳升起时，大地转暖，早晨八九点时，正是苦水玫瑰香气甜润、开放最盛、含油量最佳的时间。通过实验比较，太阳出来之前采摘的花朵，确实不如日光照射、吐蕊怒放的花朵出油率高。顾先生据此重新确定了最佳采花时间。他又采用盐腌储存鲜花的办法减少精油损失，以延长储存时间，便于运输。他还改革提炼工艺，研究了头油和复油的提取比例。

一番努力过后，理想的数字出现了，顾先生在61锅次5000多公斤鲜花中提取的玫瑰精油达2.11公斤，平均出油率为0.04147%，最高为0.05377%，与1960年的0.02%和1961年的0.015%相比都有不同程度的提高。苦水玫瑰出油，跨入了全国香料行业的高水平行列。苦水玫瑰精油的奇香先后吸引了我国10多个省市的香料行家前来观光。经广州香料研究所建议，甘肃被列为玫瑰香源基地，轻工业部在全国香料工作会议上安排生产规划时也关注了甘肃。不久，苦水群众在实验小组的基础上办起了两家玫瑰精油加工厂，摸索着玫瑰产业市场经营的路子。

1975年时，轻工业部给甘肃省立了科研项目“玫瑰优良品种的培育栽培和提油工艺设备”，建议由兰州市日用化工厂来承担。此时，顾先生几经周折，已调到兰州市日用化工厂技术科工作。经省市研究，以苦水公社的玫瑰精油加工厂为基点，以顾先生为技术指导，厂社联合研究这个项目。

顾先生重新披挂上阵。虽然他只能担负必要的、临时的技术指导，

玫瑰精油提炼设备（永登县农林局、苦水镇政府提供）

技术人员操作精油提炼设备（永登县农林局、苦水镇政府提供）

栽培、培育等并不能纳入正常的科研中，但他已感十分满足了。他平时在日化厂担负着技术工作，任务繁重，用业余和休息时间去苦水帮助提油。他风雨无阻，每月、每周准时去苦水。厂里派不出车时，他就乘公共汽车先到西固，转车到河口，再转车去苦水。他严格、大胆地探索，终于搞出了自己的提油工艺。

1978年，面临重重困难，顾先生向苦水领导提出建议，希望围绕3个问题展开工作：如何以上市为主确立玫瑰精油提取和科研项目？如何坚持科研机构与地方联合开发玫瑰系列产品？如何把永登建成玫瑰商品基地？十一届三中全会的胜利召开，为苦水玫瑰的种植和研究铺平了道路，顾先生的理想也向现实迈进。1982年，苦水玫瑰精油厂增修了玫瑰浸膏车间，经过几年设备更新和工艺改进，苦水玫瑰精油厂年加工能力达到50公斤以上。苦水生产的玫瑰卫生香在市场上备受欢迎，苦水玫瑰的种植面积迅速扩大，苦水成了名副其实的玫瑰之乡。苦水玫瑰无论是鲜花产量还是精油产量，都居全国前列。2000年前后，随着西部大开发战略的实施，永登县委县政府经过充分研究论证，提出了永登玫瑰产业化的宏伟目标，确定了永登玫瑰点、线、面发展战略，永登玫瑰金字塔产品开发战略以及永登玫瑰系列品牌形象战略。永登玫瑰高层次、全方位的开发，引起了国内外广泛关注。

2000年，顾先生最后一次去苦水。面对苦水玫瑰产业逐渐步入正轨，他笑了。这位把自己心血倾注玫瑰事业的“玫瑰恋人”，一直为苦水人惦念。他回忆与苦水玫瑰的情缘，说：“在浪漫的年纪遇到了最浪漫的事！”

顾先生在苦水人心中的位置，用《兰州日报》（数字报）一则报道中的一段话概括可能再合适不过：“说到‘液体黄金’，就会想起顾先生。他不是文人，也不是伟人，他只是一个与玫瑰结缘的有心人。就是这个默默无闻的科技人员，在苦水创造了萃取玫瑰精油的传奇，使名不见经传的苦水玫瑰登上了大雅之堂，跻身世界香料行列。那段日子，每天清晨，他总是迎着初升的朝阳，踏着朦胧的晨雾，仔细观察遍野的玫瑰。它的水分什么时候最饱满？它的香气什么时候最浓郁？它的采摘什么时候最合适？它的精油适合用什么技术萃取？他不是用技术来探测，而是用一颗充满大爱的心，来探究玫瑰隐藏了几百年的秘密，来领略和体会苦水玫瑰最饱满的激情。如果说王乃宪是用文人的雅趣热爱和欣赏苦水玫瑰，那么，顾先生则是用生命和信念来提炼玫瑰的精华。玫瑰被感动了，在一个空气飘香的早晨，他用最简易的提炼法，竟然萃取出了价值连城的玫瑰精油。这是苦水的骄傲，永登的骄傲，中国的骄傲。漫山遍野的玫瑰笑了，在晨风中欢笑着，舞蹈着，庆祝这一玫瑰的盛典。”

顾先生的故事讲完了，我与平兄合上资料，相视一笑。平兄问：“你有什么评论吗？”我说：“对玫瑰产业的发展来讲，顾先生无疑做出了重要贡献，至于玫瑰产业是否应该这样发展，是否应以精油作为驱动力，则是另一个话题。而综观玫瑰的发展历程，则有其背景渊源，即科学从博物学形态向数理实验形态转变。在顾先生提取精油以前，玫瑰的利用居博物学层面；提取精油则是对玫瑰做数理实验处理而进行的利用。过去，人们利用的是玫瑰的‘整体’，现在，人们利用的是玫瑰的‘成分’。”平兄说：“此言不虚。”

Agricultural
Heritage

# 苦水与玫瑰的“联姻”

07

玫瑰刚到苦水时，并不是“明媒正娶”。它并没有什么姣好的容颜，却成为苦水的瑰宝，凭借的只有玫瑰的自身本领和对苦水的真切爱恋……

玫瑰刚到苦水时，并不是“明媒正娶”。它并没有什么姣好的容颜，却成为苦水的瑰宝，凭借的只有玫瑰的自身本领和对苦水的真切爱恋。说玫瑰自身有本领，是说它有经济价值，从先前的食用到后来的精油；说它对苦水的真切爱恋，是说它特别适应苦水的生态环境。后者更重要，如果不能适应当地环境，价值再高也属徒劳。而苦水对玫瑰，则更现实一些，因为玫瑰能为苦水带来更多的经济利益。苦水与玫瑰的邂逅应属偶然，而现在的“联姻”，苦水更多出于理性，玫瑰更多出于依恋。

我把这番述论说与平兄，请平兄评判。平兄说：“我学过一点儿生态学和植物学，我就从科学的角度谈一下你所说的玫瑰对苦水的‘依恋’。

“一方面，我们过去曾提过永登的生态特点，这里有必要再简略陈述一番。永登境内地势由西北向东南倾斜，平均海拔2000米，属大陆性气候，四季分明，阳光充足，冬无严寒、夏无酷暑，气候温和，年平均气温5.9摄氏度，年日照时数为2655.2小时，≥10摄氏度的有效积温1766.7～2637.2摄氏度，年平均降水量290毫米，年蒸发量1879.8毫米，无霜期110～140天。地貌呈‘三川两河’，即庄浪川、秦王川、八宝川、庄浪河、大通河。两河年径流量28亿立方米。祁连山的两条余脉纵贯全境，将全县分为河谷、中山及梁峁丘陵等多种地貌。大致分为‘三川一片’，即以庄浪河灌溉为主的庄浪川、以引大入秦工程灌溉为主的秦王川、以大通河灌溉为主的八宝川和西北片贫困山区。境内地貌为黄土丘陵沟壑，土壤以次生黄土和灰钙土为主，多呈微碱性或中性。

“苦水镇就在永登县这个大环境中，生态特征总体上与永登县相合，却也有独特生境特征。苦水位居庄浪川，直接受到庄浪河灌溉；平均海拔稍低，1793米；年均气温稍高，8.1摄氏度；无霜期稍长，一说有

189天之多。

“另一方面，我们再看苦水玫瑰的生态学特征。从现代农学的角度看，玫瑰的生态学特征即为玫瑰对生态环境条件的适应和要求，主要是对光照、温度、水分、土壤、营养等条件的要求。首先，对光照。玫瑰是喜光植物，在全光条件下才能生长良好，如栽植在背阴或套种在高秆农作物中，则生长很差。其次，对温度。在春天地温2摄氏度以上时，地下根系开始生长；到气温8摄氏度时，芽体萌动；升到12摄氏度时展放新叶；18摄氏度时花蕾出现；20摄氏度时花朵初放。开花时间为一个月左右。再次，对水分。玫瑰耐旱、忌涝，在土壤水分过多出现涝害时，根系不能正常呼吸，会引起地下烂根、地上枯枝，甚至大片死亡。在玫瑰含苞现蕾之前如能及时浇水，则鲜花产量可大幅提高，且质量优。又次，对土壤。土壤是玫瑰吸收水分、养分供给生长发育的基础，

浇水（永登县农林局、苦水镇政府提供）

只有土层深厚、疏松、肥沃、团粒结构好的土壤，才能保证玫瑰花优质、高产。最后，对养分。玫瑰性喜肥，因其不断地生长和开花，需要不断补充养分，才能使其生长健壮，花大色艳，高产优质。

“对比永登特别是苦水的生态特点与苦水玫瑰的生态学特征，不难发现，永登几乎完全满足苦水玫瑰对光照、温度、水分、土壤、营养等条件的要求。这解释了为什么永登特别是苦水盛产玫瑰。据统计，永登适宜苦水玫瑰生长的乡镇有10个，土地面积占全县总面积的一半以上。而苦水的独特生境特征——海拔低、均温高、无霜期长，又能解释为什么永登玫瑰以苦水为最佳，苦水玫瑰何以最适应苦水。这，或许就是苦水玫瑰依恋苦水的原因吧！”

我听得津津有味，接言道：“平兄的话我赞同。运用现代科学原理，确实可以做出这般解释。现代科学长于数据和量化，这使解释具有说服力。我只想补充一点，使用我国传统农学的理论也可做出一些理解。古人讲求‘顺天时，量地利’，苦水的‘天时’（气候特征）与‘地利’（地理条件）应该就是苦水玫瑰所需要的。虽然天时地利笼统难辨，但作为一种理论手段，该是有助于理解苦水玫瑰与苦水生境之间严密‘耦合’的神秘性吧！”

关于苦水对玫瑰的理性选择，农民的话具有权威性。农民如果不是出于理性选择种植对象，面临的就是贫穷或饿肚子。我与平兄在田间徘徊，伺机而动。正遇一位老哥从田中劳作归来。我们上前搭讪，问苦水为何种玫瑰。不料问对了人，老哥姓邓，对玫瑰很是了解，顷刻间滔滔不绝。他说：“苦水种玫瑰，是我们自己的选择。过去苦水不种玫瑰，而种粮食，主要是小麦。我们苦水穷得很，粮食可以果腹，当然是首要选择。也种些蔬菜，却难以自足。玫瑰只在房前屋后、地埂田头有零星分布，并没有展现出多少价值。人们对玫瑰抱着有一搭没一搭的态度，

作为玫瑰替代和补充的梨树（平亮摄）

不时换些零用钱。后来苦水玫瑰出了名，提了油，有了高价格，人们的注意力才开始转向玫瑰。当玫瑰的收入高过小麦时，小麦就基本退出历史舞台，代之以玫瑰。玫瑰价格也曾有起伏波动。价格持续走低时，许多人就把玫瑰砍了，改种梨树。价格回升时，人们又把梨树砍了，种回玫瑰。我家田里，还有几株梨树呢。虽然收入不如玫瑰，但已经长粗了，不忍心砍掉。”

看来苦水选择玫瑰的确出于理性。我们随即想到，纵使玫瑰再依恋苦水，再适应苦水的生态环境，终是农作物，需要被照料，这就需要农业技术。于是问邓老哥，种玫瑰有哪些技术。邓老哥不假思索，张口就来：

“其实玫瑰是懒庄稼，即使不打药、不施肥，也能有收成。今年采花后，即使一年不闻不问，明年这时候也一定有花开，所以不必特别照料。现在城镇化进程加速，许多苦水人都外出务工，甚至定居城里。他们往往对玫瑰进行粗放管理，不肥不药或少肥少药，有的甚至只在开花时回来采摘一番。居住在苦水的农民，有些是把玫瑰作为家庭收入的重要来源。他们比较勤勉，一般入秋一次肥、花前一次肥，有虫害时，会打一次药。当然，这指的是农户经营。也有规模经营的，他们有成熟的技术体系。对此，我就不太懂了，镇上有永登县玫瑰研究所，你们可以

邓老哥话玫瑰（平亮摄）

喷洒农药（永登县农林局、苦水镇政府提供）

病虫害防治宣传（永登县农林局、苦水镇政府提供）

去了解。”

看来苦水玫瑰的确对苦水情有独钟，即使少有关心，也会鲜花盛开。谢过邓老哥后，我们前往永登县玫瑰研究所了解苦水玫瑰种植技术体系。其实这个研究所，就在臻钰坊隔壁，也是政府筹资建设的。今天值班的是一位技术员。技术员很好客，问清来意后，就谈起苦水玫瑰种植技术体系，简直如数家珍。他说：

“根据我县生态条件和苦水玫瑰的生物学特性，总结群众多年来的生产经验，苦水玫瑰栽培的总体要点是合理灌溉，地要深翻，苗木宜嫩时移栽，用肥得当，勤锄细耙，余条当剪，老枝要砍。丰产栽培的要点

永登县玫瑰研究所（平亮摄）

主要有以下几点：第一，选地。无论零星种植还是连片种植，栽培地应背风向阳，空气畅通，尤以川谷地带最好。要求土壤排水良好，土层深厚，在1米以上，pH6～8，肥力中等以上，水浇地为宜。第二，整地。种植前全面深翻35厘米以上，种植后在不损伤根系的情况下，每年在株间深翻一次，使疏松层加厚，提高蓄水、保墒能力，并有利于土壤微生物的活动与繁殖，提高肥料利用率。深翻土地对提高玫瑰花产量具有重要的作用。第三，选苗。苦水玫瑰苗木的出圃标准是根部位苗茎0.5厘米以上，有2～3条10厘米以上的根和2～3个12厘米以上的分枝。在栽植时应选择2年生以上，高1米左右，地径0.5厘米以上，根系发达、完

村民整地（永登县农林局、苦水镇政府提供）

整，无病虫害和严重机械损伤，充实健壮的苗木。种植前要做好检疫和消毒，通常采用石灰硫黄合剂或波尔多液浸根消毒。第四，定植。苦水玫瑰喜光，栽植过密，不利光照和操作管理；过稀，不能充分利用土地有效面积，单产不高。因此，一般中等肥力的土地，株行距以1.5米×2.5米或2米×3米，每亩130株左右比较合理。定植时间以秋季玫瑰刚落叶或春季土壤初解冻时最好，定植深度5～10厘米为宜。定植后1～2年内，可在行间种植豆科等矮秆作物，既可肥田，又可增加收入。第五，灌溉。苦水玫瑰比较合理的灌溉次数和灌溉时间是一年5次水，4月、5月、6月、8月、11月各灌一次。春水要晚，冬水要早。就灌水量来说，第一次灌水时（4月中旬玫瑰发芽展叶前）气温尚低，蒸发与蒸腾量不大，土壤较湿，灌水量要适中；第二次灌水（5月中旬开花前）正值玫瑰第一次生长高峰和始花期，随气温升高蒸发量加大，故要加大灌水量，开花期不宜漫灌，遇特旱年份，可用喷灌；第三次灌水（6月下旬开花后）水量要足，以使植株由于开花损失的水分得以补充；第四次（8月上旬秋梢进入速生期）、第五次（11月上旬结冰前）灌水量适中即可。第六，施肥。按照以基肥为主、追肥为辅，以不同的生长发育阶段和土壤肥力、元素适当分配的原则，合理施肥。定植后第一年秋末，结合株行间深翻每亩混合施入磷肥100千克、油渣50千克。第二年5月中旬和7月中旬各施一次，第一次每亩施尿素10千克，第二次每亩施硫酸铵8千克，以保证植株迅速生长扩大树体。秋末，结合翻地，每亩施油渣75千克，为来年萌芽长梢储备营养。第三年开花前施两次，第一次每亩施氮磷复合肥20千克，第二次用浓度0.1%磷酸二氢钾溶液和硼酸溶液、硫酸锰等微量元素溶液叶面喷施。秋末，每亩施油渣100千克。第四年开花前和开花后，各施氮磷复合肥一次，每次每亩20千克，并在根外喷施磷酸二氢钾溶液和微量元素溶液两次。第七，中耕培土。每次

经年老干度严冬（平亮摄）

灌水后即松土一次，加上冬灌前的翻地，即一年中耕松土五六次，对于减少地面蒸发，保持土壤墒情，有效地利用灌水，有很大作用。在每年冬灌前，结合翻地施肥，在植株干茎基部培土一次，培土厚度8毫米左右，使之成圆锥形土丘，对促进根基部的萌蘖不定根形成和扩大根系，有良好的作用，并且有利于保持土壤水分。第八，苗体修整管理。玫瑰的修剪主要是剪掉枯枝、老枝、纤弱枝、铺地枝等，剪短长枝和疏剪部分过密枝条。更新一般在定植10年左右时进行，常见的有全株更新和部分老枝更新两种，一般分为春、秋两次修剪。春季剪枝的顺序为，先从底部剪去细枝、弱枝和枯枝，满10年以上的老枝可从底部剪除。春季到秋季，枝叶间逐渐拥挤，通风条件差，容易引发病害，要勤于修剪。秋

玫瑰过冬，地膜保墒（平亮摄）

季剪枝的方法为，从底部切除朝向植株内侧的细枝（称为“内枝”），如果有枯萎的部分同样切除。8月底至9月初，可进行秋季剪枝，把枝条剪短为剪枝前的2/3高度，在约此高度挑选良好的芽，配合芽生长的方向，在芽往上5毫米的地方，斜剪枝，尽量多留些叶子，叶子少会导致花形改变。第九，病虫害防治。玫瑰病虫害较少，一旦发现有以下病虫为害，要立即进行防治。蚜虫、夜蛾危害植株的嫩梢、叶片及花蕾，可用40%的氧化乐果或菊酯类农药进行防治；金龟子、小地老虎危害植株根部，可用毒饵诱杀；叶、茎和叶片背面有锈色孢子堆，可用粉锈宁、百菌清等进行防治；叶片上面长灰霉，产生灰霉病，可用百菌清、多菌灵等杀菌剂进行防治；叶片及嫩茎上长白粉，产生白粉病，可用粉锈宁、百菌清等进行防治。第十，花蕾和鲜花的采收。5月中旬前后，待花蕾即将开放前，每天采摘一次。采下的花蕾可以阴干或在直射阳光下晒干，有条件时可以利用烘干设备进行烘干。干燥标准以手压花托即碎为宜，干燥的花蕾装入专用的包装箱即可销售。”

为表感谢，我邀技术员去臻钰坊共进晚餐。可惜技术员要回家看小孩儿，就只好别过了。走侧门，回到臻钰坊房间中，平兄说：“看来玫瑰种植确有严格的技术标准，只是农民未必采用，许多还是粗放经营。”我说：“技术体系旨在‘丰产’，农民如果不求丰产，当然不必采用。老哥说的‘规模经营’是何物，尚待调查。我却有一点儿怀疑，并不是怀疑技术体系没有考虑生态因素，我相信，制定苦水玫瑰的种植技术体系应该考虑了环境保护因素。我只是认为，这种求丰产的技术体系，应该会比农民粗放管理带来更多环境压力。”平兄说：“你是怀疑主义者，对现代的东西总是怀疑的。不过，你说的这一点，的确有可能。农民的粗放管理，可能更可持续。”我与平兄相视而笑。

# 08 沟洫网联万家田

水库就像一面湖。面积并不大，极目望去，整座水库尽收眼底，对岸景象清晰可见。水面静静的，映着山的颜色，波澜不惊。它坐落于荒山黄土中，形成一道与周遭荒凉对比鲜明的别样风景，不仅提供了罕见的水，还在其四周滋养了许多奢侈的绿色……

平兄素来喜欢睡懒觉。他的名言是新的一天，从9点开始。到了苦水，他毫无收敛之意，此刻，正在床上安安静静地等待太阳照他的屁股。相比而言，我是勤奋的，挣扎起床去洗漱，先洗脸，再刷牙，发觉不够，于是又打开水龙头，旋到热水位，开始洗头发。水从水龙头源源不断流出，前后断断续续有十几分钟。我顿感神清气爽，走出卫生间，只见平兄强睁睡眼，紧盯着我，好不吓人。我未及开口，平兄先说："你应该节约用水呀，这里是西部地区，看看周围黄土漫漫，一定特别缺水，你这一会儿的工夫，就放掉好多水。"平兄的批评当然是对的。还记得第一次坐飞机来西部时，过了宝鸡，从飞机上往下看，便极目苍黄，荒山黄土一望无际。在兰州做博士后时，我亲身感受到西部地区的缺水，空气特别干燥，一年也下不了几场雨，而且小得可怜。我曾开玩笑说，在兰州生活有一个好处，不用担心洗过的衣服不干。所以，我是知道这里缺水的，只是习惯了打开水龙头就有水，于是把缺水节水的事丢到脑后了。而经平兄提醒，我意识到自己的过失，于是向平兄连连点头，算做检讨。平兄还以微笑。我虽常与平兄开玩笑，但内心里对他是极为敬重的，他在原则性问题上始终刚正不阿。

我一转念，头脑中忽然浮现出一个问题。记得第一次来苦水时，就发现这里特别荒凉，自然条件比较恶劣，纳闷玫瑰是如何长出来的。当时的司机师傅说，全赖一条庄浪河。这个结论我是相信的，我们无法想象，在一个没有河的荒漠地带能生长出玫瑰花海。所以，庄浪河是孕育玫瑰的"终极"原因，并不需要怀疑。但庄浪河如何发挥作用，我并不知道。在后来的调查中，许多老乡提到，玫瑰是懒庄稼，即使不打药、不施肥，也能有收成。事实上，许多农户都对玫瑰进行粗放管理，不肥不药或少肥少药。而更重要的，大家异口同声说：肥药可以尽省，水却不能尽无，有的甚至每年要五六水。所谓五六水，就是灌溉五六次。灌溉五六次，当然是不包含雨水的。那么问题来了，这五六水从哪里来？是自家的自来水或井水吗？这样工作量太大了，需要挑水浇田，而据我们在田间地头的观察，并无挑水浇田的迹象。是集体抽取地下水吗？据说新疆种棉花，内蒙古种玉米，很多地区是靠抽取地下水灌溉作物的。浅层地下水被抽光后，就要抽深层地下水；深层地下水使用普通设备难以抽出时，就用石油钻井设备来抽。实际上，用地下水进行大面积灌溉是不可持续的。难不成，玫瑰的这五六水源自地下？想到这里，我顿感心悸，若果真如此，苦水玫瑰的种植也是不可持续的。我将这番担忧向平兄和盘托出。平兄思索片刻，从床上跃起，显然也意识到这个问题的严重性，于是说："我们去一探究竟吧！"

我们出臻钰坊，走向玫瑰田，正巧撞上一位大娘在采玫瑰。感觉告诉我，这位大娘很友善，所以不必铺垫，直接上前搭讪即可。我问："大娘，这是您家种的玫瑰吧？"大娘笑容慈爱，与想象中一样。她说："是啊，是我家的。"我问："您家的玫瑰，一年要几水呀？"大娘说："我不怎么管它。我家的地离庄浪河比较近，也不需要很多。一年三四水吧。"我问："大娘，水从哪里来呢？"大娘和善地笑道："从沟渠来呀，肯定不能是挑水灌田，那样太累了。你们一看就是城里来的小伙子，没有干农活儿的经验吧？"大娘说着，指了指十几米外地里的沟渠。

我们原本没特别留意过，原来地里还分布着这类东西。坦率地说，没有任何农村生活经历的我们，过去对它"只闻其名，未见其人"，今天才识"庐山真面目"。我们小范围转了一圈儿，发现有的沟渠分布在村路边，作为村路和玫瑰田的分界线；有的被玫瑰丛遮挡着，藏在田里，不仔细寻找是很难找到的。走近观察，里面还流淌着泛黄的水，水流轻缓，潺潺不绝。

沟渠与田间的闸口（平亮摄）

我虽为我的无知感到羞愧，但还要厚着脸皮问下去，以求消除我的无知。“大娘，我们确实不懂，您别笑话我们。那沟渠的水从哪里来呢？”回到大娘身旁，我问她。大娘和蔼地说：“不会笑话，哪里会笑话。沟渠的水来自庄浪河，这都是庄浪河水。”我仿佛找到了我想要的答案，长舒了一口气。我头脑中浮现的图景是，从庄浪河打开一个缺口，引出一道水源，好比人的大动脉；再把这道水源分出若干岔道出口，岔道出口再分出岔道出口，直抵千家万户，好比人的毛细血管。这

样，从庄浪河这个“大心脏”流出的水，通过“大动脉”和“毛细血管”，就流到苦水的各个“器官”和“组织”了。我把这个想法兴致勃勃地向平兄介绍，好像把握了真理，哪知受到平兄一问：“你别看现在庄浪河水还算多，一两个月之前，庄浪河旱期时，水特别少，如何灌溉呢？”我哑口无言。的确，我们第一次来苦水时，正值冬季，那时的庄浪河“瘦”得可怜。我当时就提出过怀疑：这么“瘦”的庄浪河，如何滋养苦水川？现在的庄浪河宽阔起来，水流也急，但宽阔和急流并不完全伴随着玫瑰的生长季节。当庄浪河不能滋养玫瑰花的生长发育时，苦水人用什么灌溉呢？没办法，只好又回过头，问起大娘。

大娘笑道：“我们有水库，水库里面有水。用水库里的水灌溉，一亩地要50元钱哩。”“水库”这个词，我早就听说过，可惜从未亲眼见过。在我想来，那一定是个浩大的工程，甚至是使用高科技才能完成的工程。难道在苦水这样偏远的地区，也有这样先进的水利工程？按照大娘所说，分明是有的。这时，我与平兄都对这座水库产生了好奇。我问大娘：“这座水库在哪里？”大娘摇臂一指，说：“这个村子后头是国道，国道后头是座山，山后头还是山，水库就在山与山之间。”我一怔，大娘的回答，颇有“只在此山中，云深不知处”的意味。我举目望去，实在只能看到村子，隐约远处有山，却根本看不到水库的踪影。我问大娘："有路可以去吗？"大娘说："有路，只是远，路也不好走。"我想，这座水库很可能在庄浪河的旱期内充当苦水的"心脏"，向千家万户输送着玫瑰必需的水分，所以，虽千万里吾亦必往。我向大娘告别，与平兄向大娘手指的方向走去。

望山跑死千里马，我们走了好一阵，却并未感觉与那些山有所接近，可是我们已经被炎炎烈日晒得直不起腰。恰好旁边田里有位大爷在摘花苞，我想，不如去搭讪一番，确认下我们的想法正确与否，也权当休息。我们把问大娘的问题又向大爷问了一遍，得到的答案与大娘说的和我们推测的大同小异。按大爷的说法，玫瑰可以省肥，可以省药，却不能省水；水是庄浪河的水，通过沟渠流入千家田地；庄浪河水多时，可以直接引水灌溉，水少时，就要从水库引水；水库的水也是庄浪河的水，是从庄浪河引出来储存在水库的。大爷听说我们要去水库，也是摇臂一指，指向"崇山峻岭"之间；大爷发现我们要徒步前去，面现惊讶之色，随即深深地摇了摇头，说"太远了""天太热""你们找不到"云云。从大爷这里，我们不但印证了已经形成的一些认识，还得到一个重要信息：不能走着去水库。平兄打趣我说，去水库不是朝圣，不是拜佛，不必走着去以显诚心。我羞愧无言。

我们立即叫车，我想起前日苦水小镇的小苗师傅，他说过可以提供租车服务。电话接通后，小苗师傅很爽快，大概因为是"老相识"，并没有谈及价格，就踩着油门赶来了。小苗师傅问要去哪里，我说，去水库。他眉梢上扬，兴奋起来，说，水库他太熟了，他还参与修了呢。我与平兄发现有意外收获，都高兴起来，心想，有"专家"讲解，收获必然更多。小苗师傅二话不说，带上我们，踩着油门直奔水库。果然是不能徒步去的，距离确实有点远。而且上山的路很陡，很难走，岔路很

沟渠（平亮摄）

多，几无路人，极易走失。更主要的是，山上并没有什么植被，我们如果走在路上被烈日一晒，应该会被烤化。终于，峰回路转，水库呈现在我们眼前。

水库就像一面湖。面积并不大，极目望去，整座水库尽收眼底，对岸景象清晰可见。水面静静的，映着山的颜色，波澜不惊。它坐落于荒山黄土中，形成一道与周遭荒凉对比鲜明的别样风景，不仅提供了罕见的水，还在其四周滋养了许多奢侈的绿色。站在水库边，清风拂面，吹走了许多暑气。看见水，人往往是很欢欣的，不仅小苗师傅手舞足蹈，一向内敛的平兄也兴奋起来，寻路下到水边，捧水浇面。我努力保持平静，环顾四周，发现并没有什么高科技设备，看起来只是利用几座山峰之间的低谷建成的水利工程。

小苗师傅见我略有所思，已按捺不住表达知识储备的欲望，凑上前来对我说："我曾经参与过这座水库的修建，其实也没有费很大功夫，只是用土把那边垒了起来，让水流不走。"说着，他用手指了指我们的左手方向。没错，除了那边一块，其余都是山脚，水是流不出去的。人们选择了在众山脚下建水库，把水唯一的出路堵死，水就储存下来了，水库也就建成了。当然，水库有进水口和出水口，但都主要用土控制，并不是传说中金属制成的用电控制的水闸，是名副其实的"水来土掩"。小苗师傅又说，他见过水库与沟渠的设计图。我一听，立刻来了精神，请他为我讲解一番。

小苗师傅捡起一块石头，一边在地上画图，一边兴致勃勃地讲："我中学时是数学课代表，画几何图形很在行。看，这是一个地平面，有自然坡度，西北高，东南低。苦水地形就是如此。*AB*代表庄浪河，由高地势向低地势自然流淌，即由*A*向*B*的方向。*C*点是水库。由*D*点开凿出通道，连接庄浪河和水库。由水库开凿出通道，连接水库和庄浪河

E点。由E点向低地势方向开凿出沟渠，如EF、EG。在EF、EG沿途，开凿出若干从高地势向低地势方向延伸的分支沟渠。分支沟渠又有分支沟渠。以此类推，形成沟渠网络，联结了几乎所有玫瑰田。当庄浪河水多时，关闭D、E两个闸口，庄浪河的水通过EF、EG等沟渠流入玫瑰田；同时，也适时打开D闸口，向水库蓄水。当庄浪河水少时，打开E闸口，就可以利用水库的水，通过EF、EG灌溉玫瑰田了。当然，E点和其他分支沟渠的起点都有闸口，随时可以开关。”通过小苗师傅的讲说，我们终于对苦水玫瑰的灌溉方式有了彻底的了解。

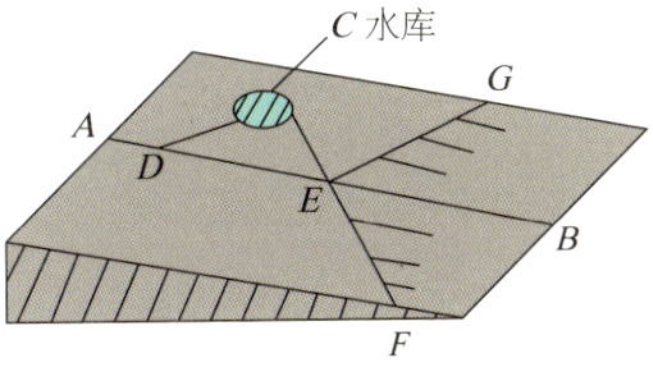


沟渠（平亮绘）

小苗师傅把我们送回村里。我们走在村路上，发现村路旁就有一条沟渠，里面流着水。沿沟渠有小闸口，不远距离就有一个。这几天大概不需要灌溉，闸口都堵着。偶尔有的闸口堵得不严实，沟渠里的水就流入了田里。

我对平兄说：“这种沟洫系统，只利用了‘水往低处流’的原理，并没有利用现代科技。就是这个简单的原理，让千家万户的玫瑰田都能获得庄浪河的滋润。这是对自然的巧妙利用，同时又没有损害自然。我想，这种水利技术，应是广大农村特别是过去的农村普遍运用的技术。这种技术，体现了人与自然的相守相依。”平兄深深地点了点头说：“这也是人的智慧之集中体现，‘盗天地之时利’！”

# 09 玫瑰花初离枝头

清晨，虽然没有鸡叫，我们也自然醒来，久违的神清气爽。我问平兄，今天咱们做点什么？平兄说，不如追踪一下玫瑰花离开枝头的旅程……

远离都市，在庄浪河的缓缓流淌声中，我们很安心，睡得很沉。清晨，虽然没有鸡叫，我们也自然醒来，久违的神清气爽。我问平兄，今天咱们做点什么？平兄说，不如追踪一下玫瑰花离开枝头的旅程。我们随便吃了点儿东西，就匆匆出门。

我们以为起了大早，能赶在人前，没想到勤劳的苦水人已经开始在玫瑰花海中劳作了。刚进村路，旁边就是一片花丛，里面有十几人时隐时现。他们要么戴着草帽，要么裹着头巾，在这片花丛中忙碌着。裹头巾的和草帽颜色鲜艳的，显然是农妇，草帽颜色素朴的可能是农夫。据此判断，女多男少。走近看时，他们上身都是粗布“职业装”，下身则淹没于玫瑰丛中，看不见，都背着布袋，动作熟练并一致，敏捷地从枝头摘下玫瑰花，迅速地塞进布袋中。整个过程没有冗余的动作，玫瑰走的是最短路径。攀谈是没希望了，每个人都仿佛在流水线上一般，高强度地作业，应该没有时间理我们。没几分钟，布袋就鼓起来，再也不能容纳玫瑰花。我正发愁该怎么办，没料到他们在花丛中央早已预备好大号胶丝袋，因为藏在花丛中，我根本看不见。胶丝袋好像圆心，农夫农妇们在不同半径的圆周上采摘，装满布袋就沿着半径回到圆心，将一布袋玫瑰花倾倒进胶丝袋中。可是胶丝袋也容量有限，不一会儿的工夫，在大家的轮番“喂养”下，它也鼓了起来。我这回真正愁起来，鼓起“肚子”的胶丝袋如果多起来，该怎么办。我正想着，突然之间，从远处飞驰而来一辆白色面包车，紧随车轮的是尘土飞扬，好生壮观。面包车紧急刹住，后备厢门迅速打开，驾驶位上跳下一个小伙子，跃入花丛，分两次携出两个“大肚子”，塞进后备厢，然后他又蹿回驾驶位，面包车一溜烟地疾驰而去。紧随车轮的，还是尘土飞扬。攀谈更是不可能，小伙子的动作熟练程度比采摘玫瑰的农夫农妇们有过之而无不及，整个过程不到一分钟。我还没反应过来，面包车已经在尘土的“护卫”

采花女现身绿丛（平亮摄）

下驶出百米开外。我本来还想追下去，看面包车开向哪里，可一看身旁的平兄，他的身材就像装满玫瑰的胶丝袋，只好作罢。

我们悻悻地沿着村路踱着，寻找新机会。走出几百米，发现一片特别的玫瑰花丛，与之前不同的是，它很安静。说它安静，是因为其中没有那么多草帽和头巾此起彼伏，在仔细分析和辨别下，只有一顶迷彩军帽时隐时现。分析和辨别还需一番力气，迷彩军帽在红花绿叶之中，实在是便于隐蔽的。“案件”的突破竟在刹那间出现，军帽挡住了一朵绽

广租地里众人争先恐后（平亮摄）

放的玫瑰花，平兄目光如炬，判断里面有人。锁定目标后观察就容易得多，原来是一位大娘，头顶迷彩帽，面戴紫口罩，上身迷彩服，下身牛仔裤。大娘设备不齐全，没有布袋，直接提着胶丝袋；动作也不机械紧促，并不争分夺秒，好似闲庭信步，随意地采摘着玫瑰花，不时四处张望。这让我想起陶渊明的名句“采菊东篱下，悠然见南山”。或许，这才是真正意义上的宁静乡村，才是充满诗意的农作生活。

我正出神，大娘见我们盯着她看，主动从玫瑰丛里走出来，笑容满面，充满善意，问我们有什么事。大娘的普通话不太好，但努力听，基本可以听清楚。我见大娘并不匆忙，正是攀谈的好对象，就问她为什么一个人摘玫瑰。大娘说，儿子在外省，掌柜的在工地打工，只好自己收。我对她说，我猜她儿子在读大学。她问怎么猜到的。我说她的迷彩上衣和帽子，应该是她儿子的军训服。大娘大笑。我问她，自己能收得过来吗？她说能，她家就这一块地，慢慢收，每天收点，几天就差不多了。我问，为什么那边的地，有那么多人一起收呢？我边说边指我们来的方向。大娘笑着说：“那片地是厂租，我们家的是自己种。”我们奇怪，就问什么是厂租。大娘慢条斯理地给我们讲，厂租就是工厂租的地，这里有许多玫瑰加工企业，租了乡亲的地，给租金，在地里种、收玫瑰，都跟乡亲没关系了。我恍然大悟，原来玫瑰的经营分两块，一块是农民种，种自家的地；一块是工厂种，种转包的地。我问租金多少钱。大娘说，地的位置不同，价格也不同，平均1500元吧。我问厂租地里收玫瑰的人是否都是工厂的人。大娘说当然不是，工厂哪来那么多人，都是雇的小工，按天算钱。我方才明白，刚才那片厂租地里的农夫农妇们为什么动作划一、设备齐全，为什么争分夺秒、无暇旁顾，还有小车沿途运载玫瑰。这一切，都是企业的要求，是企业的生产需要，农夫农妇们的劳动实际上是工厂流水线作业中的一环。那片厂租地和这片

采花大爷的微笑（永登县农林局、苦水镇政府提供）

自种地的性质有所区别，厂租地在一定程度上具有车间性质，而自种地更多的还是农作生活的载体。

我与平兄决定帮助大娘摘玫瑰，想体验一下摘玫瑰的感觉。大娘提醒我们，一定要小心枝上的刺。玫瑰是有刺的，我们不仅在歌中听到过，谈恋爱送“月季”时也眼见为实。但如此近距离地与大片玫瑰刺亲密接触，还是头一遭。更何况，玫瑰的枝条很细小，刺很密集，稍不留意就会被刺到。大娘说，她只带了一双手套，并没有多余的。我才发现原来大娘是戴着手套的，想来手套是摘玫瑰的重要工具，可是刚才厂租地里的农夫农妇们，也有不戴手套的呀，于是问大娘原因。大娘说，他们很熟练，同时他们的手跟我们不一样！大娘指着我们的手说，瞧，细皮嫩肉，不是干活的手。我与平兄试着开始摘，可是马上就发现一个问题，为什么大娘家的玫瑰花都没开就着急摘掉呢？大娘说，她主要摘花苞，不必等花开。我不懂为何如此，但见大娘已经开始摘起来，只好照办。我们把摘下的花苞暂时存放到我们的背包里。我们只能小心再小心，想学着做出厂租地里农夫农妇们的技术动作，却怎么也做不出来。更关键的是，我与平兄穿的是短袖，所以不一会儿的工夫，胳膊上已经有几道伤痕了。但我们还是很兴奋，毕竟这是我们有生以来亲身从事农业劳动的极少数经历之一。

胶丝袋终于半满了。不能完全装满，否则没法儿提；装半袋，正好可以提着袋口，背在后背上。别看只有半袋，足有三四十斤重。说实话，对这半满的胶丝袋，我和平兄的贡献实在有限。我问大娘，要把它背向哪里。大娘说，去卖掉。我们打起精神，想追踪玫瑰的旅程，就跟着大娘去卖花苞。

三个人轮流背，走了约半小时，进到村里，来到一处院落大门前。这里应该就是玫瑰花交易点了。一位大叔叼着烟卷，坐在小板凳上，等着人们前来。大叔眼睛小，但很有神，留着小黑胡子，穿着衬衫，手里拿着本和笔，俨然一副精明小商贩的形象。地上放着一个黑包，鼓鼓的。旁边是一台电子秤，显然是用来称玫瑰的。靠墙根堆放着装满玫瑰的胶丝袋。大娘把半袋玫瑰径直放在秤上，小黑胡子大叔看了一眼秤的读数，翻开小本子记了一笔，说“得嘞”。大娘转身向我们告别，说急着回家生火做饭。我没闹明白，就问小黑胡子大叔说，卖玫瑰不结现金吗？小黑胡子大叔也很热情，说她是常客，每天来几次，明天还会来，最后一起结。我们于是与他攀谈起来，问玫瑰多少钱一斤。他说主要收刚摘的花苞，3元一斤。我问为什么不收开的鲜花。他说，花瓣工厂收，好像3.5元一斤吧。我问为何分得如此清楚。他很耐心，说：“用途不一样，工厂收花瓣，用来提炼玫瑰精油，我们收花苞，送到烘干房烘干后，卖

卖花之一（平亮摄）

卖花之二（平亮摄）

给茶商或药商。”我恍然大悟，怪不得印象中厂租地里的人摘的好像是开了的鲜花，并不摘花苞，而大娘却不等花开，直接摘花苞；花瓣被公司的面包车直接运到加工车间，而花苞经过小黑胡子大叔中转，送到烘干房。

突然间，胡同口拥出一群大爷大娘。有的背着胶丝袋，有的提着方便袋，里面当然都是玫瑰，还有的骑着自行车，车筐里装满花苞。无一例外的是，他们都直奔小黑胡子大叔而来，显然是来卖玫瑰的。我问小黑胡子大叔，怎么突然有这么多“客户”。他说，到中午了。我问，是要开午饭了吗？他说不，玫瑰很特别，采摘最好赶在中午之前。上午采摘的玫瑰鲜花，出油率最高，如果下午采，出油率就低了。采花苞没那么严格，但也最好上午采。我又一次恍然大悟，明白为什么我们起个大早，却发现人们早已开始劳作了，还明白了为什么厂租地里的人那般争分夺秒。

卖玫瑰的流程大同小异，基本都是直接把装花苞的袋子上秤称一下，然后有的记账，有的直接拿到现金，就离开了。比如这是一位大娘卖的花苞，满满一方便袋往秤上一放，就显示出读数：6.8公斤，单价

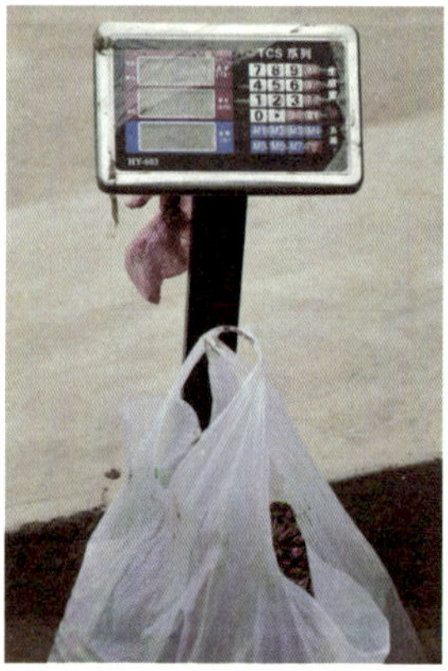


称花（平亮摄）

记下称量的数字（平亮摄）

交易（平亮摄）

拣花（平亮摄）

回家（平亮摄）

每公斤6元，总金额40.8元。大娘拿着钱高兴地回家做饭去了。当然，这种卖法儿有一个前提，就是采摘的全都是花苞，没有花瓣。他们在采摘时已经把两者进行了严格区分。有些是采摘时没做严格区分的，这就需要在地上平铺一块大布，把玫瑰倾倒在上面，卖玫瑰的大娘发动其他大娘和午间放学的孩子，把花瓣从中挑拣出来。花瓣相对于花苞是少数，挑拣花瓣有助于实现花瓣和花苞的迅速分离。然后就是重复上面的流程卖花苞，提着花瓣回家做饭。花瓣，最终应该还是要流向生产精油的工厂的。

午时刚到，收购点人潮退去，留下的是一个个“大肚子”的胶丝袋。这回来运送玫瑰的是农用三轮车，而且来了两辆。我们的目的是追踪玫瑰的旅程，希望跟车随行。司机师傅并不情愿，但面对我们的强烈恳求，朴实农民与生俱来的友善令他们无法拒绝。我与平兄各选一辆，坐在后斗上，好不新鲜。虽然车速并不快，但三轮车在村路上行驶颠簸异常。两位师傅担心我们难受，又放慢了一点儿速度。风呼呼地吹在我们脸上，十分清爽。这与炎炎烈日形成明显对比。我们突然发现这是一种别样的境遇。迎着夏风，行进在玫瑰花海中。我被诗意充满，想到了电影《落叶归根》中主人公搭货车的情景，剧中他张开双臂，大声朗诵：如果我的家乡是一片大海，我就是一条小鱼，我游啊游，我多快乐！如果我的家乡是一条大路，我就是一辆汽车，我跑啊跑，我多快乐！如果我的家乡是一棵大树，我就是一片树叶，我摇啊摇，我多快乐！

# 10 烘干房老兵的坚守

"老兵们"确实在坚守，坚守传统的烘干技艺，坚守传统的经营方式，坚守真正的苦水玫瑰。平兄说，他们也在坚守朴素的道理……

没过多久我们到站了。两位师傅指着眼前的大门说，这就是烘干房，老板是名退伍军人，是个老兵。听到三轮车熄火声，里面的工人师傅们一拥而出，三下五除二就把两车玫瑰花苞抬进烘干房。说是工人师傅，实际都是农夫农妇，来打零工的。我们随大伙走进烘干房，迎面过来一位老汉，约有60岁，身体清瘦，腰杆笔直，面部黢黑，双眼有神。这大概就是当过兵的老板了，我暂且称他为老兵吧。他问我们找谁。我说来调查苦水玫瑰，希望了解苦水玫瑰的情况。他立即兴奋起来，说，调查好，调查好，他正希望有人来调查。我问他，是老板吗？他说是，这家烘干房是他的，随即把我们让进庭院。

烘干房的庭院很宽阔，右手边堆满了玫瑰花苞，还有刚抬进来的装满玫瑰花苞的胶丝袋，前方停了六七辆可以推拉的架子车，旁边堆放了几十张金属帘子网。主体当然是烘干室，老兵也是直接给我们介绍烘干室。他说他这个烘干房的常用烘干室有6间，说着随意打开了一间给我们看。在我看来，所谓烘干室，很像超大号的面包烤箱。把玫瑰花苞铺在金属帘子网上，把金属帘子网插进架子车里——我数了数，每辆架子车可以容纳14张金属帘子网，然后把架子车推进烘干室，锁上门，打开机器开关，烘干过程就可以开始了。机器很像是风轮，一种换风设备。当然，动力是煤，把煤烧起来，烘干室才能运作。

整个烘干室没有什么高科技设备，烘干过程也不需要现代科技支撑，所以苦水人称其为“土法烘干”。老兵没有介绍烘干室的建造过程，但在我想来，这一定凝结着苦水人百余年来的经验和智慧。这类经验和智慧往往很神奇，不仅不是现代科学推导的结果，甚至运用现代科学也未必能做出彻底的解释。我坚信土法烘干一定不是过时的方法，于是问老兵，这种烘干方式有什么优势。老兵说，土法烘出的花苞尖绽开得少，是最好的状态。我认为老兵说的土法烘干苞尖绽开较少的结论以

添煤口（平亮摄）

及用苞尖是否绽开作为衡量花苞烘干质量的标准是具有合理性的。现代企业要做质量标准，一定运用各种科学概念、实验数据作为内容，而手艺人的标准往往是一种主观的感受或感性的表征，不能量化，甚至不能言传。这是一种区别于现代科学和技术的传统智慧。

老兵带我们走进烘干房后院。好大一个空场，加上旁边的砖棚，约有小型足球场的面积。满满的全是玫瑰花苞，空场上平铺着，砖棚里堆放着。我不解，问老兵，是先晒过再进烘干室吗？老兵说，恰好相反，玫瑰花苞先烘干再晒，准确地说也不是晒，而是暴露在外面一段时间。我问原因，老兵解释说，玫瑰花苞如果完全失水，并不利于保存，烘出的花苞在空气中暴露一下，补充一点儿水分后，质量才上乘，就可以卖给茶商或药商了。

烘干房庭院（平亮摄）

烘干室（平亮摄）

烘干车（平亮摄）

烘出的花苞（平亮摄）

在我看来，传统手艺人往往具备一些特点。一是区别于现代工程技术人员，他们的技艺具有自然性特征，他们更喜欢运用自然化的手段完成“作品”，有“盗天地之时利”的智慧。二是区别于现代企业技术人员遵照生产流程和质量要求，他们往往具有内在的德行标准，他们的技艺发挥同时具有严格的伦理规范，不符合他们内心要求的“作品”不被允许存在。这些特点在这位老兵身上都有体现。

老兵有些着急，拉着我们到他的“账房”。“账房”其实就是庭院一角，电子秤旁边。我们3人在小板凳上坐定，老兵拿起计算器，声音洪亮：“我给你们算一下，就拿今年来说，1斤花苞从农民手里3块钱买，代收点收取代收费3毛，到我们这里每斤3.3元，7.5斤就是24.75元。7.5斤鲜花苞烘出1公斤干花苞，干花苞每公斤卖30元。就我们来说，每公斤毛利只有5.25元，成本却不少，既有运输费、燃料费，还有工人工资。到我这里，所剩无几，根本不赚钱！”我问利润薄的原因。老兵回答说：“我们这里叫苦水，苦水玫瑰本来就是指我们苦水产的玫瑰，我们前前后后已经种了100多年了。苦水玫瑰鲜花出油率高，花苞香气重，这是客观事实，所以苦水玫瑰才出了名。问题就出在苦水玫瑰出名后，其他地区看到有利可图，纷纷引种，所采花苞也宣传成苦水玫瑰。甚至有的地区种的都不是苦水玫瑰的品种，也伪装成苦水玫瑰出售。过去只有苦水种苦水玫瑰，品质好，利润率比较高；现在'苦水玫瑰'遍地开花，利润率当然大不如前。"我说："不是苦水玫瑰的品种却宣传成苦水玫瑰，这是造假，当然是不对的，但如果确实引种了苦水玫瑰的品种，就该是正常的市场竞争了吧？"老兵着急地说："这虽然合法，却不合理。苦水玫瑰种在苦水，才有苦水玫瑰应有的品质，这是苦水特殊的自然地理条件决定的。种在其他地区，即使是周围乡镇，品质都比不上种在苦水。"

老兵认为，即使是苦水玫瑰的种，种在不是苦水的其他地方，也长不出真正意义上的苦水玫瑰的花。农业就是有这种地方性特征。不仅一方水土养育一方人，还能滋养出专属于这方水土的农作物。特定品种的农作物是特定气候条件、水土条件的产物。这个道理从古至今都是明确的。《晏子春秋·内篇杂下》就曾记载："橘生淮南则为橘，生于淮北则为枳，叶徒相似，其实味不同。所以然者何？水土异也。"我曾在兰州生活过，著名的兰州牛肉面是兰州人的日常美食。但当牛肉面走出兰州、面馆开到其他城市时，味道就发生了变化。我曾问过原因，答曰：兰州牛肉面的味道是特定的面粉、牛肉（汤）、辣子以及技艺等因素共同作用的结果，出了兰州，随着这些因素发生变化，味道自然不同。也有一种补充说法，说兰州牛肉面中有一种配料曰"蓬灰"，由蓬草烧成，蓬草采自兰州周边，如果没有兰州的蓬草，味道自然大打折扣。更有激进的说法是，兰州特别的水质使牛肉面的味道别具一格。这都说明，农产品包括以其为基础形成的食物是地方性的，并不像现代科学技

晾晒后的堆放（平亮摄）

术一样，放之四海而皆“准”。

我问老兵说：“您的意思是，现在苦水玫瑰市场难做，原因是苦水以外的地区也大量种植苦水玫瑰？”老兵急答：“就是的呀！我们苦水玫瑰出名以后，市场走俏，利润率非常高，于是引来了其他乡镇农民的模仿。很多人尝到了甜头，又引来其他县市农民的模仿。后来玫瑰成为兰州市市花，这下子苦水玫瑰出了大名儿，甚至在省外更大范围都有推广和引种。”我问：“那结果是？”老兵躁答：“结果就是，‘苦水玫瑰’产量大增，价格就下降，真正的苦水玫瑰本来价格应该略高，结果大家都是‘苦水玫瑰’，外人很难辨别，更有人故意鱼目混珠，那么苦水玫瑰也就没什么利润了。”

老兵接着说：“在苦水有许多玫瑰企业，使用玫瑰加工设备，烘干等加工效率比我们高，我们与它们竞争很困难。”这一点很容易理解，现代企业和小作坊竞争起来，在效率上当然有优势。老兵又道：“企业因为使用现代仪器设备，烘干过程效率高，整个过程的成本都比较低。再加上精美的产品包装，花苞的附加值会相对高起来。所以，企业生产的花苞相对我们而言，成本低、售价高。我们却不同。按照我们这种方式经营，获利最多的是种玫瑰的农民。玫瑰是懒庄稼，不需要太多的照料，也能长出花苞。所以有很多进城打工的人，就把地租给了企业。但是，还有很多人不能进城打工，他们要么身体不好，要么年龄偏大，还有好多是留守老人和娃娃，他们的主要生活来源就是种玫瑰。如果把地租给企业，每亩只能有1000多元的收入；如果自己种，把花苞卖给我们，就可能有3000元左右的收入。别小看这多出来的一两千元，很可能是一些老人的生活保障。所以像我们这种烘干房的存在，实际上是把利润让给了更多的人。”我听出了些门道，原来企业经营是利润集中的经营，而作坊经营是利润分散的经营。老兵说得没错，烘干房的存在，在一定意义上讲，是更加惠及种玫瑰的农民的。

我对老兵说，他讲的道理很重要，对我们启发很大，我们还要去企业走一走，就不多打扰了，于是起身告辞。老兵起身送我们到大门外。他站在烘干房门口，仍然说：

“我就是一个兵，我一直在坚守，坚守我的阵地！但是我们生存太难了！”

我们告别，老兵目送我们走远，那目光，好似一个注目礼。

离开的路上，我想，老兵的难题并不仅仅是老兵的，因为，据说在苦水及周边，这样的烘干房有几十甚至上百家。我对平兄说，我觉得“老兵们”确实在坚守，坚守传统的烘干技艺，坚守传统的经营方式，坚守真正的苦水玫瑰。平兄说，他们也在坚守朴素的道理。

在他们公司，玫瑰鲜花的去向主要有两个，一个是做成玫瑰酱，另一个是经过仪器深加工，生产玫瑰精油、玫瑰纯露、玫瑰浸膏。他随即带我们走进厂房第二站，地上密密麻麻排满了陶罐，足有100多个……

我与平兄离开老兵的烘干房，就想去企业见识一下。据说还有一段路程，需要乘车，于是又叫了小苗师傅。

我与平兄上车后，说想去企业。小苗师傅很有表现欲，不甘只做驾驶员，努力成为导游，他饶有兴致地说："其实只说成'企业'并不准确，苦水大大小小的企业太多了，甚至有的烘干房也能称之为企业。我们所说的'企业'，全名应该是玫瑰深加工企业，其中比较大的，就是玫瑰深加工龙头企业。所谓深加工，简单理解就是能生产以精油为代表的产品，烘干房就不能算作深加工，只能说'初加工'吧。在苦水，号称具有深加工能力的企业有十几家，要说龙头企业，有将近10家的样子。"我不解，就问："为什么说'号称'？为什么龙头企业的数量要说'将近'？"小苗师傅很有耐心，笑着说道："所谓深加工能力，实际就是拥有萃取精油的设备，可以生产精油，但不是所有有设备的企业都实际投入生产，实际投入过生产的也不是每年都能实际投入生产。有些企业规模不大，玫瑰年景好、精油价格高时就生产，玫瑰年景不好、精油价格走低时就停产。我说的龙头企业有将近10家，基本指具有一定规模、最近几年连续生产的。话说，你们要去哪家？"我记起在永登县政府查阅资料时，有位政府干部曾介绍一位企业老板给我，说他是某会会长，开办了名为ML的玫瑰加工企业，需要时可以跟他联系。我翻看通信录，拨通电话。会长很大度，说欢迎参观，只是他本人不在公司，让我们打着他的旗号去。于是我对小苗师傅说："我们出发，去ML！"

面包车"翻山越岭，跋山涉水"，颠簸了好一阵儿，转了多道弯儿，终于来到ML公司。接待我们的是生产经理，也就是会长的儿子。我问他，他既然主管生产，管理销售的是谁。他说，生产方面他主管，他妻子辅助，销售方面他爸爸主管，他妹妹辅助。原来是一家家族企

厂房第一站（平亮摄）

业，想来也在情理之中。苦水毕竟地处偏远，并非各类企业集中之地，公司组织形式和管理制度当然也简单纯朴些。我相信，家族企业制度与现代企业制度相比并不必然意味着落后，特别是在苦水这种山沟沟里，家族企业的优势——团结、向心、有凝聚力，会充分展现出来。

我们在生产经理的带领下参观了并非人人都能参观的生产厂房，而且生产经理亲自讲解。进厂房第一站，迎面而来的是堆得像小山丘一样的玫瑰鲜花，而且不止一堆。这些天，我们常见玫瑰花，但像这种堆积

玫瑰初加工（永登县农林局、苦水镇政府提供）

如山的，却是第一次见，甚至感觉有点儿壮观。生产经理说，这些鲜花有两个来源，主要是从他们自己的厂租地里采摘而来，也有少量是从农户手里收上来的，当然，不管什么来源，都是今天上午新采的。今天采的今天就要处理，明天还有新的运来。生产经理的话把我断裂的思维衔接上了，这些花就是早上看到的厂租地里的鲜花，这里也就是早上想追却没追得上的面包车的终点。生产经理介绍说，这是在对鲜花进行初步处理。但见工人师傅们清一色足蹬雨靴，手持锹铲，在“山丘”里穿梭。这个程序，很像是通过抛撒和搅拌脱水物，将鲜花做脱水处理。脱水后的鲜花，当然要在别处另行保存。

生产经理告诉我们，在他们公司，玫瑰鲜花的去向主要有两个，一个是做成玫瑰酱，另一个是经过仪器深加工，生产玫瑰精油、玫瑰纯露、玫瑰浸膏。他随即带我们走进厂房第二站，地上密密麻麻排满了陶罐，足有100多个。生产经理说，这是在制作玫瑰酱，方法比较传统，没用什么高科技。我问，玫瑰酱是什么样子的。他说，你们一定见过芝麻酱、花生酱，玫瑰酱跟它们差不多，就是把玫瑰做成酱状，在形态上有点类似于“老干妈”。我问，玫瑰酱的作用是什么。生产经理说，玫瑰酱的作用主要是调味，这一点跟其他酱差不多。玫瑰酱的味道香甜，做干粮、点心甚至炒菜，都能作为调味品。玫瑰酱可能是众多玫瑰产品中最贴近日用生

腌制玫瑰酱（平亮摄）

活的了，至少在他们苦水，几乎家家都常备玫瑰酱。这也是他们公司特别重视玫瑰酱生产的原因。生产经理的话听得我直流口水，但无论怎样想象，怕是不如一尝，于是心里冒出一个想法，改日一定要见识一下普通百姓家用玫瑰酱做成的干粮。

生产经理带我们走进厂房第三站。第三站则是装着现代科技仪器的车间了。我对这类高科技仪器设备一向没有好感，常怀警惕之心。在我看来，虽然它们有力量、有效率，但如果它们的工作手工也能完成，手工的质量往往胜其一筹。机器生产不出艺术品，就是这个道理。更何况，机器生产还会造成环境污染，会造成工人失业。这种态度决定了我没有研究其结构与原理的冲动，在我看来，它就是一堆庞然大物，没有灵魂。其实也没必要研究它的结构和原理，机器就是黑箱，只要提供给它原料，按照规程操作，就可以获得产品了。按照生产经理的说法，它

布满仪器的车间（平亮摄）

玫瑰产品生产设备（平亮摄）

玫瑰纯露生产设备（平亮摄）

需要的是鲜花，产出的则是精油和纯露。我问生产经理，难道它是二合一设备吗？为什么既可以产出精油，又可以产出纯露？生产经理指着那个“庞然大物”的一个“零部件”说，玫瑰纯露是玫瑰精油的副产品，看这个下水口，机器在萃取精油的同时，纯露就从这里流出了。大名鼎鼎的有“液体黄金”之称的玫瑰精油就是由眼前这个大家伙制造出来的。生产经理说，不巧的是，最近几天他们没有生产精油和纯露的计划，我们看不到机器的运行了。我也觉得遗憾，但我想，它的运行一定非常壮观。

接下来是第四站。厂房中有两种仪器设备。生产经理说，这是玫瑰干花蕾加工车间，所谓干花蕾，就是老百姓们常说的花苞，所谓加工，主要是烘干。这两种设备中，这台烘干机是主要的。说着，生产经理指了指烘干机。它外表比较朴素，很像大型烤箱。生产经理打开机门供我

烘干机外观全貌（平亮摄）

们参观它的内部结构，并向我们介绍它的工作原理。原理并不复杂，就是一边加热一边搅拌，尽量让每朵花苞均匀地受热。我直接问他这类设备的优势在哪里。生产经理说，一方面这是先进的方法，另一方面它更环保，因为不烧煤，使用清洁能源——电。生产经理说的第一方面，其实在意料之中。现代企业的特征之一就是使用现代科技，特别是使用现代科技设备。在企业经营者看来，包含现代科技因素的生产方式就意味着“先进”，不包含现代科技因素的生产方式则有“落后”的嫌疑。我是尽量保持客观而冷静的头脑的，不太相信简单划分先进与落后的神话，于是对这种说法只是姑且听之而已。生产经理说的另一方面则确有根据和道理。电是清洁能源，特别是与煤相比，这是目前比较公认的说法。而且电能比较容易保存，方便远距离传输，转化为其他形式能量的转化率也比较高，这都是煤无法与之相比的。

烘干机内在结构（平亮摄）

第五站是最后一站。这一站比较温馨，几个老奶奶坐在板凳上，对烘干后的花蕾进行包装。第一步是把花蕾装进小袋，然后把小袋做封口处理。几个小袋集成一盒，这是早已规划好的。装满盒后，会上秤称一下，如果在误差范围内，就不需调整，如果超出误差范围，就多减少加。接下来是在盒子外面套上一层塑料薄膜，然后装箱。多少盒为一箱，当然也是早已规划好的。整个过程没有太多技术含量，所以老奶奶们都可以轻松完成。花苞还是花苞，但袋子、盒子设计得非常精美。经过这番操作，按照管理学的术语来讲，产品附加值就大大提升。想起老兵烘干房烘出的花苞，情况就不同了，它们没有华丽的外表。事实上，冷静想来，袋子、盒子、塑料薄膜都是污染源，但在商品社会中，它们不但不可或缺，而且特别受欢迎。

厂房刚刚参观完毕，有工作人员对生产经理讲，又有一批货到了，请他处理。我本想继续了解玫瑰终端产品及其经营状况，只能暂时作

老奶奶为花蕾包装（平亮摄）

罢，于是提出告辞。生产经理面带歉意，说最近几天是生产高峰，时间实在紧张，不能好好招待。最后我们握手言别。

小苗师傅一直在公司门口等我们。他放下驾驶位的座椅靠背，悠闲地吸着烟，好不逍遥。我们上车，说天色已晚，只好回臻钰坊。他问我们参观是否顺利。我说，倒是顺利，只是并未看到传说中花样繁多的终端产品，也未了解到公司的经营状况。他说，我们明天可以换家公司，传说中SH公司规模最大、加工能力最强，SH公司离我们的住处并不远，可以步行前去。

晚上，我与平兄灯下夜谈。我说，今天的收获太大了，基本摸清了玫瑰花离开枝头后的全部经历，事实判断已初具规模，浅薄的我颇想提出一些价值判断，发表一些感慨。平兄素来冷静而深邃，淡淡地说，稳住，等明天彻底摸清情况后再发感慨也不迟。

一条河／一本书／一碗面／一块饼
甘·肃·印·象
净含量：40g x 8粒
玫瑰
净重：60克
甘肃丁娃食品有限公司
Gansu DingWa Food Co.,Ltd.

# 12 琳琅满目背后的纠结

玫瑰花的用途主要分三大方面：香料、美容、药用。玫瑰基础产品有玫瑰精油、玫瑰纯露、玫瑰浸膏、玫瑰花水、玫瑰浓缩液、玫瑰渣……

上午，我与平兄按照小苗师傅的描述，徒步寻找SH公司。SH的名气果然很大，沿途无人不知，纷纷指路。虽说不远，但“九曲十八弯”的村路和坡路走起来，还颇要费一番力气。当然，也是饶有兴味的。

还有意外收获，路旁发现一个厂棚，很显眼，周围都是农田或农户，只有它是一个厂棚。我们好奇，见门没锁，就想进去一探究竟。平兄谨慎，探头进门，左顾右盼，然后抽头扭身对我说，没有狗，进吧。我们才光明正大地进门。的确是一个厂棚，用来生产，定睛看时发现，这也是一个烘干房。设备有两类，左前方的特别眼熟，跟老兵家差不多，几间烘干室，一堆插满帘子网的架子车，很陈旧，仿佛许久无人问津。右边的也眼熟，与ML车间中的烘干机大同小异。我们开始并没注意到，一位农妇在角落里挑拣玫瑰，但她发现了我们，就起身迎来。她问我们找谁。我说路过参观。她微笑，说欢迎参观。我问，这烘干点是不是她的。她说是她家的，只是掌柜的不在家。我问，这两类设备都用吗？她说，都用，但烘干机用得多，花苞量少时可能用烘干室。又闲聊两句，我们就告辞了。

路上，平兄说，这是一家新旧设备共存的烘干点。我说，这类烘干点，在技术上介于老兵烘干房和ML公司之间，它既会对土法烘干房产生冲击，也会抢走深加工企业的部分生意。而三者代表了玫瑰加工的三种形式，也构成了玫瑰加工从传统技术到现代技术的三个层次。

打听，爬坡，转弯，再爬坡，再转弯，终于来到SH公司。这是在黄秃秃的荒山中辟出的一块地方，有办公楼，有厂房，有广场，有人工绿化带，果然气派，不负传说中的龙头企业称号。我们径直进入办公楼，未见更多工作人员，只见一中年男子身着正装，正与儿子在值班室玩耍。在他的询问下，我们说明来意，说调查苦水玫瑰，希望了解玫瑰终端产品和企业经营状况。他表示欢迎，一边与我们寒暄，一边在前面引

新旧设备共存的烘干点（平亮摄）

路。寒暄中我们知道，他就是这家公司的老总，倒也平易近人。到走廊尽头，他唤来爱人，把儿子交与她，就直接带我们进入产品展厅。

展厅装潢精美，灯光是精心设计的，让人感觉仿佛进入了高档化妆品专柜。商品更是琳琅满目，只靠我和平兄，自然是无法完全辨识的。老总向我们介绍起来，声音铿锵有力：

SH公司（平亮摄）

“这里陈列的就是我们公司的玫瑰终端产品，基本涵盖了玫瑰终端产品的大部分。一般人第一次看到这么多玫瑰产品都是无从下手、很难归类的，现在我从玫瑰的用途讲起。虽然玫瑰产品不能根据玫瑰的用途获得清晰分类，但玫瑰的用途却是了解玫瑰产品的钥匙。玫瑰花的用途主要分三大方面：香料、美容、药用。玫瑰基础产品有玫瑰精油、玫瑰纯露、玫瑰浸膏、玫瑰花水、玫瑰浓缩液、玫瑰渣等。这些我们公司都是生产的，而且是我们公司的主要产品。

“使用玫瑰精油、玫瑰纯露及玫瑰花水等为原料，可以开发出各种化妆品及其他日用品。我们这里常见的有玫瑰原液、玫瑰保湿乳液、玫瑰润肤精华液、玫瑰活肤精华液、玫瑰保湿洗面奶、玫瑰面膜、玫瑰精油沐浴盐、玫瑰香皂，其他还有玫瑰香水、玫瑰雪花膏、玫瑰香脂、玫瑰洗发液、玫瑰洗发膏、玫瑰香波、玫瑰沐浴液、玫瑰护发素、玫瑰发乳、玫瑰发胶、玫瑰摩丝、玫瑰染发剂、玫瑰冷烫液、玫瑰爽身粉、玫瑰痱子粉等。我们这儿卖的化妆日用品，也不完全由我们生产，而是与珠三角的企业合作，有的则请它们代加工。化妆品既利用玫瑰花的美容功能，也利用其芳香特点，而其他日用品则主要利用其芳香特点。有一类日用品在我们这里使用比较普遍，那就是玫瑰花水及玫瑰花水经简单调配制成的玫瑰花露水。我们这里许多家庭都用，在室内特别是卧室、

盒装玫瑰香皂（平亮摄）

各式各样的玫瑰香皂（平亮摄）

琳琅满目的玫瑰产品（平亮摄）

玫瑰花水（平亮摄）

洗手间使用比较多，不仅有玫瑰的香味，还有驱蚊效果。

“玫瑰制药主要由药厂做，我们基本不做，但同样利用玫瑰的药用功能，我们也开发一些保健品，比如玫瑰胶囊。

“玫瑰食品有许多，除了百姓家常制作的玫瑰饼和以玫瑰花为原料或调味剂烹调出的各种菜品，能够制成商品售卖的有玫瑰酱、玫瑰饼、玫瑰糖、玫瑰饮料、玫瑰露酒、玫瑰红酒、玫瑰白酒等。其中，玫瑰酱我们生产，其他不生产，苦水有几家玫瑰酒厂，专门生产以玫瑰为原料的各类酒。玫瑰作为食品的一个大头是玫瑰茶，玫瑰茶主要用干花蕾，也有用花瓣的，这个很受市场欢迎。周围百姓经常用玫瑰花苞泡水喝。我们都知道，闻名于世的兰州三泡台，就以玫瑰花蕾作为其主要成分之一。玫瑰花蕾是我们的主打产品之一。玫瑰食品主要利用玫瑰的芳香特点，并兼顾它的食疗功能，当然，个别也有利用其药用功能的。

玫瑰食品之一（平亮摄）

玫瑰食品之二（平亮摄）

“值得一提的玫瑰产品还有玫瑰香熏，是以玫瑰精油为原料开发出的芳香剂，广泛应用于宾馆、酒吧、家庭及乘用车内等各种场合。用干花、干花蕾制作的香包、枕芯等也很常见。这主要利用了玫瑰作为香料的用途。当然，这不是我们公司的主要产品。

“现在可以把玫瑰的用途和玫瑰产品做个粗略对应，人们利用玫瑰的美容功能（兼用芳香特点），开发出玫瑰化妆品（也有一些其他日用品）；利用玫瑰的芳香特点（兼用药用功能），开发出玫瑰食品；利用玫瑰的药用功能，开发出药品和保健品。”

果然是龙头企业的老总，逻辑缜密，条理清晰。他这样介绍出来，我们对玫瑰产品就有了总体的宏观把握，也对这家企业生产的产品有了基本了解。事实上，龙头企业的产品，在一定程度上就代表了苦水的玫瑰产品。我们又请他讲一下企业的经营状况。

老总引我们上楼，说到他的办公室谈。我们坐定，老总说：“你们问吧，我尽量知无不言。”他这样讲，倒是挺坦诚的。我问：“您的企业经营状况如何？”他回答说：“我公司产品的产量和销量，在苦水是名列前茅的。但坦率地说，目前的经营并不顺利，存在困难。”我疑惑，问：“您说的这两句话不是前后矛盾的吗？”他解释说：“我公司规模比较大，机器设备比较先进，成本和负担自然也比较重。产品的产量和销量虽然比同类企业略有胜出，但综合计算成本和收益，公司的状况并不是特别乐观。”他的解释消除了我的疑惑。刚进公司时我就琢磨，现在正是玫瑰收获季节，这家公司却格外安静，并没有如火如荼投入生产的样子。而且，老总并未外出洽谈业务，而是在与儿子做游戏。

原来公司的运营并不顺利。我继续问："那您认为，公司运营遭遇困难的根本原因是什么呢？"他深吸一口烟，说："国际市场上玫瑰精油价格走低。我想你们一定听说过，20世纪60年代，每两精油相当于三两黄金的价格，20世纪80年代，每两精油相当于一两半黄金的价格。2000年前后，精油价格居高不下，苦水开始大规模种植玫瑰，加工企业也纷纷成立。那些年，鲜花每斤几十块钱，不仅农户收入达到高峰，企业的经营也特别顺利。但这几年，随着国际市场精油价格走低，不仅农户生产积极性受挫，企业的经营也遭遇困难。要知道，玫瑰精油是标志性产品，它价格走低，随之而来的是其他玫瑰产品的价格走低，销售受滞。"

我见老总思路清晰，就想在他这里再挖出一些信息，于是问："刚才您说的是公司运营困难的根本原因，是否还有其他原因呢？"老总略做思考，对我们说："还有就是竞争激烈，产品质量参差不齐。苦水并不大，却汇集了大大小小加工企业十几家，几乎每家都号称拥有深加工设备、具有生产精油的能力，是我们的主要竞争对手。许多企业厂址不在苦水，只在苦水进原料，它们也很有竞争力。而这还不是全部。玫瑰除了苦水玫瑰，还有许多品种，其中不乏能跟苦水玫瑰相媲美者。精油的竞争最终是国际市场的竞争，国内企业要跟国际企业竞争。玫瑰精油市场并不是特别大，这就更显出竞争的残酷性。"我想玫瑰精油价格走低与竞争激烈两者中或许有内在关联，是竞争激烈导致了价格走低。

我继续问老总："您提到的产品质量参差不齐又是什么意思呢？"老总笑了笑，说："根据政府提供的数据，近年来苦水一直保持每年生产苦水玫瑰精油300～600公斤的水平，比如有文件称2014年全镇生产苦水玫瑰精油560公斤。这个数据总体上应该是属实的，按我的估计，至少年产三四百公斤应该没什么问题。但苦水具有深加工能力的企业，一般都宣传他们年生产玫瑰精油100公斤甚至更多。对一些规模较大的企业来说，确实具有年产精油100公斤的能力，但究竟是不是实际生产了100公斤，很难说。对一些规模小的企业，可能根本就不具备年产100公斤的能力。精油不是以苦水玫瑰为原料生产的，而是以从其他地区采购品质不如苦水的玫瑰为原料生产的，生产出的精油品质自然不如苦水玫瑰精油。这就是我所说的产品质量参差不齐。产品质量存在以次充好的状况，就会损害苦水玫瑰的品牌效应。总之，结果是，我们的企业运营遭遇重重困难。”老总的这番话让我想起了老兵，记得老兵也提到过，其他地区看到苦水玫瑰有利可图，就纷纷引种，想来种出的玫瑰被当作苦水玫瑰提炼精油，在逻辑上是自然而然、顺理成章的。

我又问老总：“您认为有什么方法可以使企业摆脱困境呢？”这一点，他显然已经深思熟虑，并未多加思考就说：“我们希望获得更多的资金支持。如果有了充裕的资金，困难都可以克服了。”我不明白其中的逻辑，就问为什么有资金就可以渡过难关。老总饶有兴致地说：“有了资金，我们可以扩大再生产，还可以开发新产品。我给你们举个例子，玫瑰产品已经有许多，但真正有竞争力的玫瑰饮料并不多。我们正与北京的研究部门合作，希望研发一种低糖的玫瑰饮料，与加多宝、果粒橙等竞争，打开市场。”

随后，老总又介绍了他的一些想法，然后我们闲聊几句，我与平兄就告辞了。出了门，我对平兄说，玫瑰企业的情况也基本清楚了。平兄说："待我们填饱肚子，你就可以发表感慨了。"

Agricultural
Heritage

# 寻常人家的玫瑰面食

13

我强行抑制着食欲，故作腼腆和高雅，小口品鉴。平兄向来坦诚，不会做作，张开大口，狼吞虎咽。转眼间，一张饼不见踪影，幸好第二张饼已经出锅……

从SH出来后，平兄迫不及待地需要填饱肚子。可是村里并没有饭馆，我们只好去镇上。又一通“翻山越岭，跋山涉水”，终于来到全镇的繁华地带。镇上的确有一些饭馆，但主要是盖浇饭、炒饭之类，并没有什么苦水特色。虽然早已饥肠辘辘，我们却不甘心让它随意塞进那些随处可见的标准化食物，希望它能见证我们来过苦水。我问平兄，该怎么办？平兄稍加思忖，说，传说中不是有种以玫瑰做配料的食物——烫面饼？我一听，也来了精神，颇想品尝一次。问了几家饭馆，都说这是家常面食，饭馆里没有的。我们正失望，发现街边有家馒头店，心想可能会有玫瑰面食吧，就进门打探。

见我们进门，一位慈眉善目的大姐满脸笑容地迎了出来，应该是老板娘。她问：“要买点什么？”我还以微笑，反问：“都卖些什么？”她说：“现在只有馒头和花卷，已经中午了，剩得不多了。”我问：“有玫瑰面食吗？”她想了想，好像对“玫瑰面食”这个提法感觉有些陌生，不过迅速反应过来，说：“是用玫瑰做的面食吧？馒头都是面做的，没有玫瑰；个别花卷有涂玫瑰酱的。”说着，她拿出一个花卷给我们看。果然，花卷卷在里面的部分红红的，仔细看还有玫瑰的粉末。这种玫瑰花卷，我平生还是第一次见到，感觉很新奇。我问：“那其他花卷是什么样的？”她又拿出两个，说：“还有这两种，一种是涂豆沙的，一种是涂油的。”在我看来，这两种花卷就没有什么特色，与全国各地大同小异。

我又问：“还有其他用玫瑰做的面食吗？”大姐很聪明，立即意识到了什么，但还是笑着说：“你们不是来买馍的吧？”我为我冒冒失失的连续追问感到追悔莫及。人家是小本经营，不时还有顾客，又正当午时，自然不会待见我们的。我不好意思地笑了笑，说：“大姐，我们是外地人，来苦水搞调查，调查玫瑰。到您的店里，是想了解本地人平常生活中会用玫瑰做成哪些面食。如果您不方便，我们就不多打扰。要不然，我们买些花卷也成……”大姐听言，哈哈大笑，完全没有排斥之意，连忙说道：“没事没事，不用买的，欢迎来调查，愿意配合。”说着，她把我们向房间里面让了让，说没有椅子，不能让座，不好意思云云。我见状，由担心变成了羞愧，刚才完全“以小人之心，度君子之腹”了。大姐身上具有的农民与生俱来的质朴、热情和好客，让我为刚才的言语和表现感到自惭。

我自惭得脸红，说不出话，还是大姐打破了尴尬气氛。“你们想看玫瑰做的面食吧？我这儿倒是还有一种，是为别人定做的，月饼。”大姐笑道。我听她提到月饼，头脑中立即浮现出美好的回忆。小时候，娱乐项目没有现在丰富，食物种类更没有现在繁多。所以，每年中秋节，手持月饼，一口咬下去的场景，是刻骨铭心的。那时的月饼种类也单一，在我印象中只有五仁的。最令我们感到兴奋的，是咬到青红丝，不仅色彩鲜艳，而且甜甜的。我想，玫瑰月饼中的玫瑰，大概相当于五仁月饼中的青红丝。

我还在回忆和忖度，只见大姐拿出一个大馒头，上面嵌满玫瑰花屑。馒头很大，直径堪比汽车方向盘。除了个头大小，它与正常馒头的最大差别是颜色，正常馒头当然是白色，但它因嵌满玫瑰花屑，整体泛黄，局部呈红。其他方面与正常馒头就没有差别了。看大姐的表情，我仿佛意识到了什么，怯怯地说：“难道这就是您说的月饼？”大姐稍显羞赧，微笑道：“是啊，这就是我们这里的月饼，与众不同吧？”我使劲儿点头，心想，实在太与众不同了，简直超出了我的理解范围。

我有点儿失望，可是转念又一想，是什么让我感到诧异和失望呢？是它明明像馒头，却说自己是月饼。可是，它嵌了许多玫瑰花屑，分明已不是一般意义上的馒头。至于称它为月饼，却也无可厚非。谁规定月饼一定是那样的，而不能是这样的？寻到根处，是“统一”的思维方式在起作用。在这种思维方式下，大到文明与文化，小到概念指称的对象，都只有一种模式、一种可能。所以，文化多样性损毁严重。统一的对立面是差异，保持差异，各美其美，可能是更加健康的。想到此处，我的理性告诉我，它当然可以被称为月饼！于是我对大姐说：“这是月饼的另一种形态，很赞！本地人很喜欢吃吗？”大姐答：“不能简单说喜欢或不喜欢。月饼是中秋节吃的，一年一度，大家无论喜欢与否都会吃。就像元宵节吃元宵，端午节吃粽子一样。平时吃的人不多，我们平时也不卖，这两个是别人定做的。”虽然大姐如是说，但在我看来，本地人还是喜欢这种月饼的，否则怎么会创造了这种特别的形式，并代代相传。据我所知，在几十千米外的兰州，月饼就是通行的月饼模样，并不如此。抗拒通行月饼模式的侵袭，坚守个性月饼模式的阵地，如果不是因为真喜欢，是很难做到的。

“月饼事件”告一段落，我又问大姐：“是否还有其他玫瑰面食？”大姐说：“没有了，我们店里卖的，只有玫瑰花卷和玫瑰月饼。”我试探性地问：“我听说有种面食叫烫面饼。”大姐笑道：“哦，有，不过这是家庭日常面食，店里是不卖的。烫面饼不像馒头、花卷和月饼那样相对易于保存。”我和平兄都很失望，正欲告辞，善良的大姐说：“要不……我给你们做一顿烫面饼吧。”我觉得自己太幸运了，但又有点不好意思，于是轻轻地说：“那样是不是太打扰了？”大姐忙答：“不打扰，你们是苦水的客人，不能让你们抱着遗憾回去。”大姐让我们稍等，转身走进里屋。里面还有房间，只是门关着，而且走廊很暗，我们先前并未留意。不一会儿的工夫，大姐带着一位大哥出来见我们。看样子，他应该是大姐的爱人。大哥满脸带笑，充满善意地说：“别客气，别见外，随我进来吧。”

我们随大哥、大姐走进里屋。里屋不大，只有一个房间，20平方米左右的面积分作三个部分，一铺炕，一台电脑，一个厨房。屋里有两个小孩，稍大一点儿的是姐姐，正在教弟弟玩电脑游戏。大哥对两个小孩说："快叫叔叔好！"两个孩子应声叫人，乖得很。我想，生在这样的家庭，他们长大后一定善良、诚朴、有担当。

大哥和大姐操忙起来。大哥先是生炉子，大概为了引火快些，加了好些木柴，火苗很快就蹿起老高。然后从水缸中舀出一瓢水加入壶中，把壶坐在炉子上烧起来。大哥动作迅速，一气呵成，然后说："烫面饼烫面饼，顾名思义，要用热水烫一下面。"这时大姐从外屋取了东西回来。只见她用右手和左胳膊端起一个面盆，里面盛了半盆面。她左手拿着一个碗，里面红红的，不知何物。我凑上前去观察，像花瓣被碾成屑状。大姐说，这是玫瑰酱，也叫玫瑰粉，自家做的，为了做花卷和月饼

善良的大姐与好客的大哥（平亮摄）

苦水烫面饼原料——玫瑰粉（平亮摄）

方便，把它做成更接近屑状而不是酱状。

水很快烧开了。终于到大姐一展绝技的时候了。只见她右手提着水壶，将水浇进面盆中，用沸水烫面。与此同时，左手拿着筷子在面盆里搅拌。大哥站在一旁为我们讲解，这道工序看似简单，却是颇具技术含量的。如果右手倾倒过猛，左手搅拌速度跟不上，面就不能被充分烫过，效果当然大打折扣。对烫面饼来说，面是否被充分烫过，至关重要。如果倾倒速度过慢，不仅白白费却更多力气，水烫面的激烈程度还会受影响，进而影响口感。水也不能倒得过多，否则面团成了稀泥，就前功尽弃。所以，左右手的配合、整体速率的控制、倒水总量的把握，必须依赖多年经验。

接下来是揉面。水烫面只能力争充分，却不可能完全均匀。揉面就是要让水与面均匀结合。如果感觉面团较硬，可以补一点儿水。面揉好后，就平摊在面板上，薄薄的，圆圆的，像一张大饼。

下一个环节很“美丽”。大姐先在面饼上刷一层油。雪白的面立即变得金黄，让人有了食欲。然后在油层上涂玫瑰酱。大姐家的玫瑰酱接近屑状，所以看起来也像撒玫瑰花屑。感官的冲击更强烈了，从油的黄转为玫瑰的红。玫瑰花屑不能把油完全覆盖，红中还隐隐泛着黄。当真是好不鲜艳！看到此景，我的肚子已经咕咕地叫起来。然而，视觉冲击尚未结束，大姐又在花屑上撒了一层白糖。白糖散落在花屑缝中，红白相间，别是一番景象。

苦水烫面饼——烫面上撒玫瑰粉和白糖（平亮摄）

然后，大姐把面饼卷了起来。美丽的颜色都被卷了进去，留在外面的只有面粉自然的白色。好像苦水人一样，外表朴实无华，内心善良美丽。大姐把面卷揪成段儿，每段儿如巴掌大小，再把一个个面段儿摊成饼状。每张小面饼，外表仍以白色为主，“肚子”里充满的红花、白糖、黄油稍稍溢出，视觉效果很不错。

我被大姐熟练的手法吸引住了，竟未留意大哥已在灶台上烧开了油。夫妻二人配合默契，衔接得天衣无缝。大姐顺势将小面饼投入油中煎炸。大姐说，如求美观，烫面饼可以整张煎出，但自家食用，捣碎煎炸味道更好。说着，她把捣碎的饼盛出锅，装进盘子。紧接着，她抓了一撮白糖，撒在上面，烫面饼完成。此刻，色、香、味俱全的烫面饼，呈现在我们面前。

大哥端起盘子，让我们品尝。我们哪里好意思先尝，但推辞拗不过盛情与真诚，我们只好先尝。我强行抑制着食欲，故作腼腆和高雅，小口品鉴。平兄向来坦诚，不会做作，张开大口，狼吞虎咽。转眼间，一张饼不见踪影，幸好第二张饼已经出锅……

饱餐后，我们对大哥、大姐千恩万谢。路上，我对平兄说，这是我近日来吃得最丰盛、最踏实的一顿饭，里面饱含真情。平兄说，或许，这也是苦水玫瑰的所有用途中最真实的。

苦水烫面饼——油炸（平亮摄）

捣碎的苦水烫面饼（平亮摄）

完整的苦水烫面饼（平亮摄）

Agricultural
Heritage

近看玫瑰花苞，不能用一种颜色概括，因为它有萼有花，花的部分也色彩不一。但它浮在最上面，很显眼，不容错过。我小心翼翼地吹了吹杯面，却未承想把几片绿茶叶吹沉了……

我与平兄回到臻钰坊时，已经是下午3点钟。中午吃了一肚子烫面饼，没有喝一点儿水。今天苦水的太阳格外大，一路上照得我们热汗不断。此刻，我们已经是水分尽失，口渴难耐。我还有午休习惯，这个当口，正是犯困的时候。但我与平兄早就约好，回臻钰坊讨论一番，当然不能爽约，于是勉强在庭院中的木亭里坐定。平兄提议说："不如来杯茶解渴驱困吧？"这是好主意，我当然支持，叫来老板娘，问有什么茶。老板娘说："你们是外地人，应该尝尝我们本地的三泡台！"我虽曾喝过三泡台，但在苦水却没尝过，于是应诺。不一会儿工夫，两杯三泡台摆在我们面前。

我打开杯盖看时，杯里五颜六色，鲜艳非常。绿的是绿茶，红的是枸杞、大枣，灰的是桂圆，白的是冰糖，紫的是葡萄干。当然，还有我最关注的玫瑰花苞。近看玫瑰花苞，不能用一种颜色概括，因为它有萼有花，花的部分也色彩不一。但它浮在最上面，很显眼，不容错过。我小心翼翼地吹了吹杯面，却未承想把几片绿茶叶吹沉了。它们摇摇曳曳，打着转儿，落至杯底。同时，一股清香从杯面扑鼻而来。我未及躲闪，全部吸入，恰逢微风掠亭而过，我顿时困意全失，心旷神怡。或许，庄子所谓逍遥，指的就是这般感觉。我正沉醉其中，有一股清风袭

玫瑰花苞（永登县农林局、苦水镇政府提供）

来，我才转过神。定睛看平兄，他已然把他那杯三泡台饮尽喝干，正提水壶在加水，急迫非常。

我打趣平兄说："你知道妙玉是如何论茶的？"平兄一边说不知，一边又是一饮而尽，不留半滴。我不知他是不知妙玉，还是不知妙玉论茶，笑道："妙玉说，一杯为品，二杯即是解渴的蠢物，三杯便是饮牛饮骡了。"我刚说完，平兄倒是配合，第三杯又是一饮而尽，嘿嘿笑道："不管饮什么，反正我不渴了。"在平兄的提醒下，我才想起我正口渴，于是端茶送口，也是一饮而尽。说来奇怪，刚才是口渴难耐，现在却渴意全无，刚才是心旷神怡，现在顿觉神清气爽。三泡台我喝过多次，但在烈日当空、又困又渴的情况下，还是第一次喝，功效大到出乎我意料。我想，这神奇功效，其中的玫瑰花苞必然占功不少。我问平兄，感觉如何？平兄立呈老夫子状，我知道他要发表高论了。平兄说："我是第一次喝三泡台，感觉很不错。味道香甜，沁人心脾。更主要的是，这些配料多是补品，都很有营养，所以三泡台应该是补身佳品。"我说："平兄说的是。而且，配料多由本地出产，玫瑰自不必说，枸杞、葡萄干是甘肃及周边特产，其中绿茶似也产自甘南。据说，方圆百里的食物最养身。"

我又喝了一杯，便不再续水，生怕饮骡之说落在我身上。我见平兄也已恢复状态，就提议言归正传，评析一下离开枝头的玫瑰花。平兄说好。我说，既然主题是玫瑰，不如撤去三泡台，直上两杯玫瑰茶，以应此景。平兄大赞，唤来服务员，点了两杯玫瑰茶。玫瑰茶的制作是极简单的，就是把玫瑰花苞晒干，或者把刚摘的玫瑰花苞清洗过，丢入温水中。所以没两分钟，服务员就端来了两杯玫瑰茶。我趁机问服务员，家里是不是也种玫瑰。她说，种，当然种。我问，为什么不种别的，比如小麦。她说，种玫瑰收入高些。

玫瑰养颜茶（永登县农林局、苦水镇政府提供）

其实我只是确证一下我们的判断。平兄轻轻吹了吹浮在上面的花苞，趁花苞还未回到嘴边，迅速地呷一口茶，然后说："这个问题我先说吧。从我们这些天了解的情况看，苦水种植玫瑰，可能是最优选择。苦水过去主要种植其他作物，比如小麦，而现在主要种植玫瑰，这是基于市场的理性选择。虽然很多人抱怨，近年玫瑰价格大不如前，但毕竟多数人保留了玫瑰丛，没有砍掉改种其他，这说明种植玫瑰的收益总体上高于种植其他作物。"

我配合平兄，也吹一下花苞，呷一口茶，说："你的观点我同意。你是从经济角度解释了苦水种植玫瑰的合理性。我倒是想从伦理角度谈一谈。所谓伦理，就是应该怎样，是否正当。我认为苦水人选择种植玫瑰是正当的。首先，作为农民，选择一种收益相对较高的作物来种植，甚至想依靠这种作物改善生活，无可厚非。其次，我们的调查显示，苦水人种植玫瑰，并没有给土壤等生态环境带来压力或破坏。虽然局部有化肥和农药的施用，总体上还在可接受范围内。所以，苦水种玫瑰，在生态上可接受。再次，苦水玫瑰品种优良，质量上乘，这是无须怀疑的。同样的品种，换在其他地区种植，质量要打折扣。从这个角度说，苦水人就应该种植苦水玫瑰，为社会提供上乘的玫瑰花。最后，对苦水玫瑰来说，它最适合在苦水生活，在苦水它生长得最好。如果我们是玫瑰，我们也会选择苦水。所以，苦水种玫瑰，对玫瑰也是福音。”

平兄说：“你的伦理视角很全面，分别是对苦水人，对生态，对社会，对玫瑰。对四者都有正当性，所以苦水人种玫瑰，是正当无疑的。”我问：“平兄对苦水的玫瑰加工企业如何评价？”

此刻，花苞已渐渐沉于水，平兄喝了一口，说：“根据这几天的调查和访谈情况看，苦水集中这么多不同规模的玫瑰加工企业，究竟是不是基于市场的理性选择，很难判断。基本事实是，无论是个体小作坊，还是现代企业，都认为生意不好做。特别是一些规模较大的、设备较先进的企业，经营陷入困境。我在想，是不是企业数量过多，玫瑰原料有限，每个企业都不能实现预期的生产规模，导致利润不理想？或者，对于2000年前后的国际玫瑰精油价格来说，苦水玫瑰企业的数量与规模分布，可能是理性选择，而当近年国际玫瑰精油价格居低不升时，企业数量就显得多了？当谁都不甘心退出时，竞争才变得异常惨烈？”

我听平兄说完，喝了一口茶，说：“平兄说得很有道理，几点猜测可能都符合实际。一个基本事实是，苦水每年生产玫瑰精油300～600公斤，即使按上限600公斤计算，分到每个企业不过几十公斤，利润率又有限，显然难以支撑其顺畅运行。”平兄称是。我继续说：“你采用的还是经济视角，我倒是想从广义的伦理维度分析一番。首先，我认为老兵烘干房等个体小规模烘干房，特别是采用土法烘干技术的烘干房，烘出的花苞质量上乘。老兵他们在用自己的辛勤劳动换取生活来源。他们这种生产方式和技术，可能已有百年传承，甚至可以作为文化遗产而存在。其次，现代企业，特别是以精油等玫瑰提取物为主要产品的企业，我有几点担心：一则，企业经营遭遇困境，意味着提供就业岗位的减少，就业工资的降低。二则，企业主的目标是资金聚拢，还是将苦水玫瑰的优质产品贡献社会，是否都是如此，不得而知。”

我喝了一口茶，发现水中已融进花苞的香气。我对平兄说：“我们已谈过苦水的玫瑰种植和企业发展，现在来谈谈玫瑰产品吧？”平兄也一边体会着水中融进的花香，一边说：“好，还是我先说吧。资料和调查都显示，玫瑰精油是玫瑰的核心产品，也是标志性产品，苦水玫瑰也不例外。从企业生产的角度看，精油是对玫瑰进行深加工的终极产品，其他许多产品是伴随精油的生产而产生的。从企业销售的角度看，精油产量几乎是每个具有生产能力的企业的主要宣传对象，仿佛精油产量是企业实力的代表，其他产品产量多少则无足轻重。从市场竞争的角度看，玫瑰的价格受制于精油的价格，精油价格走高时，玫瑰价格就走高。同时，除精油外，玫瑰化妆品似乎是玫瑰产品中的主打产品，其种类繁多、附加值高，为企业特别重视。现代社会中，美容化妆市场异常走俏，玫瑰恰逢其时，分一杯羹。”

我说：“你说的是基本事实，目前的玫瑰产业的确如此，以玫瑰精油和玫瑰化妆品为主要驱动力。从产业经济的视角看，如果苦水要打玫瑰这张牌，必须在这两类产品上下苦功夫，推出高质量产品，打造苦水玫瑰品牌。平兄的这个视角总体上还是经济视角，而我还想从我的伦理视角分析一番。”平兄说：“洗耳恭听。”

我喝了一口茶，发现玫瑰香已完全融入水中，香气已漫溢出来。我说：“我认为，玫瑰产品种类众多，各种玫瑰产品是有层级分别的。苦水玫瑰有百年历史了，精油的历史却只有四五十年。作为农业文化遗产的苦水玫瑰，能否以精油作为其标志？国内化妆品市场火爆，也只是近二三十年的事，苦水玫瑰的价值能否转由化妆品价值来评价？我觉得这是值得怀疑的。相反，追踪苦水玫瑰的种植历史会发现，它最先用于观赏，人们逐渐发现其可作为食物配料，用于食用。而在精油成为玫瑰标志之前的漫长时期内，其药用价值或许是其价值的主要体现。所以，食用、药用玫瑰产品或许是苦水玫瑰成为农业文化遗产的主要依据。同时，这两大类玫瑰产品在使用性质上隐然有差别。前者如精油、化妆品，似乎具有平常所说的奢侈品性质，后者如食用、药用，更接近生活必需品，更接地气，更能走进百姓日常饮食和有益健康。”

平兄也已感受到玫瑰茶的香甜，喝了一大口，说：“所以，我们吃的烫面饼，喝的三泡台，特别是此刻的玫瑰茶，是最真实的苦水玫瑰。”

我与平兄共同举杯，满饮了手中那再自然不过的玫瑰茶。

Agricultural
Heritage

# 15 亮嗓门与大长腿

高高跷和玫瑰一样，都是苦水名片。所以，高高跷是玫瑰节民俗表演环节的第二炮。但见组织者手臂一挥，高台上身着白衣、赵子龙扮相的表演者奋力一挺，站将起来……

今天是苦水举办一年一度的玫瑰节的日子。玫瑰是苦水的标志，玫瑰节是围绕苦水玫瑰开展的盛会。我们考察苦水玫瑰，参加玫瑰节是核心内容之一。所以，我与平兄丝毫不敢怠慢，一大清早起来就梳洗打扮，身着正装，前去赴会。

远远地，我们就发现苦水街变了一副模样。平时的苦水街，就是两旁高高的绿树和矮矮的玫瑰丛中间夹着一条平淡无奇、人员稀少的村路。此刻，一只只红红的气球拽着一条条长长的条幅随风飘摆。绿中的红，好不鲜艳。条幅上写的都是政府各个部门或各家玫瑰企业庆贺玫瑰节顺利开展的祝语。庆典般的气氛让远处黄黄的荒山也有些不甘寂寞。街旁也摆出了许多小摊位，卖着各种日用玫瑰产品，如玫瑰香皂、玫瑰花露水，也有直接卖玫瑰花苞的。节日里，孩子是最欢乐的，他们奔跑在街上，穿梭于玫瑰丛间。与平时不同的，当然还有络绎不绝的游客，大家都朝着玫瑰节的“主战场”——苦水街村广场疾步走去。

我们随人流走着，跨过两道吹气拱门，就接近了外广场。好家伙，苦水街上的热闹和繁华与平时不可同日而语。外广场一侧停满了汽车，里三层外三层，游客主要还是来自兰州地区，也不乏陕西、青海、山西、河南等外省的游客。摊位也集中起来，是各种玫瑰产品企业在做产品宣传和销售。商品种类也远远超出日用品范围，琳琅满目的化妆品占据了多数位置。条幅也多起来，摇摇摆摆的，为各自公司的摊位“站脚助威”。然而，多数人并不在这里流连，径直走进内广场。

内广场是苦水街村委会所在地，但是，我们完全看不见它在哪里，因为，这里已经挤满了人。最多的是眼神中带着新奇感的游客和衣着朴素、闲庭信步的村民，还有着统一服装的学生和穿着戏服的演出人员。游客是来旅游的，村民是来凑热闹的，学生是来看演出的，演员是来演出的。透过人群，能看到两个大戏台和若干小摊位。两个戏台，一个是

通往玫瑰节举办地的路（平亮摄）

临时搭建的，背景墙上写着“2016中国玫瑰之乡·兰州玫瑰节开幕式”；另一个是修建已久的戏台，名曰“苦水街剧场”。为什么已经有了苦水街剧场却还再临时搭建戏台？我猜想，可能是由于“剧场”太小演出人员无法施展拳脚的缘故。这里的小摊位与苦水街、外广场的小摊位相比精致了许多。仔细看时发现，在这里推出摊位的企业都是大名鼎鼎的苦水玫瑰龙头企业，我们曾拜访的两家，都在其中。商品更是上了档次，化妆品都是礼盒装，还有名贵的精油。原来，从苦水街到外广场，再到内广场，摊位的分布是由个体户到一般企业再到龙头企业，这倒真是符合市场规律。我正观察得聚精会神，突然一声镲响，表演开始了。

此时，苦水街剧场万众瞩目，几乎所有人的目光都被戏台吸引。但见台上，左右两班人马，大部分穿着红色唐装，显得喜庆非常。从肤色和皱纹判断，他们几乎都年过半百，是附近村庄的农民。当然，他们都是有特长的，今天的职责是伴奏，所以无一例外，手中都有乐器。我是乐盲，不认得是什么乐器，只知道都是民族乐器，有琴，有鼓。让人敬佩的是，这些大爷、大妈腰杆都挺得笔直。中间自然是主角，演唱者。第一位演唱者是一位大叔，台上一站，稳如泰山。

秦腔表演之一（平亮摄）

秦腔表演之二（平亮摄）

随着第一声唱腔的喊出，我立即识别出，这是秦腔。对秦腔我很熟悉。当年在兰州工作时，傍晚时分，街头巷尾都是秦腔。我对艺术一窍不通，不知道他们唱的是什么，也不懂如何评判优劣，只能做感觉上的评价。在我看来，秦腔跟我们东北的二人转差别明显，二人转喜庆热闹，而秦腔能让人体会到西北这片土地的苍凉，甚至有的唱腔撕心裂肺。

秦腔伴奏（平亮摄）

秦腔是中国西北古老的戏剧之一，起于西周，源于西府（核心地区是陕西省宝鸡市的岐山与凤翔），成熟于秦。秦腔又称“乱弹”，流行于中国西北的陕西、甘肃、青海、宁夏、新疆等地，其中以宝鸡的西府秦腔口音最为古老，保留了较多古老发音。又因其以枣木梆子为击节乐器，所以又叫“梆子腔”，俗称“桄桄子”。秦腔表演朴实、粗犷、豪放，富有夸张性。秦腔唱词结构是齐言体，常见的有七字句和十字句，也就是整出戏词像一首七言无韵诗一样排列整齐。特点是高亢激越、强烈急促。尤其是花脸的演唱，更是扯开嗓子大声吼。2006年5月20日，经国务院批准，秦腔列入第一批国家级非物质文化遗产名录。

秦腔作为西北地区的艺术形式，在西北地区的影响是无须怀疑的。或许，这也是举办方把它作为玫瑰节开场大戏的原因。大叔唱罢，大妈登场。台下的人都聚精会神，所有人都融入其中。我虽听不懂唱词，也不了解所唱曲目，但还是能分明感受到，几千年来沉淀下来的民间艺术是能够浸染到灵魂深处的。这和外广场小摊位音响中的流行歌曲完全不同，那些歌曲多数只能在耳边飘过，纵有入心的，也只是让我的心稍稍发痒。秦腔不同，此刻，我的心感到的是略有压抑的激动。

秦腔表演迎来尾声，演员谢幕时，观众才从戏中醒来，报以掌声。随即，人们的注意力就纷纷转向戏台旁边临时搭建的三四米的高架上。不知什么时候，架子上坐了6名画了各种脸谱、身着各色传统戏服的表演者。他们整装待发。之所以坐那么高，是因为他们个个都有两条长腿，即三四米长、约两人高的高跷。只有坐在架子上，才能安顿这双不会回弯的腿。高架的高度是精心测算的，如果稍低，就站不起来，如果稍高，双腿就不能着地。此刻，他们只等组织者一声令下，就迈腿下场表演。无须多问，这就是著名的苦水高高跷。

据我们搜集的资料显示，高高跷也叫“高跷秧歌”，广泛流行于民间，因舞蹈时多用双脚踩踏木跷得名。苦水高高跷因它的高而得名，跷腿高一般在九尺到一丈零五寸，可称全国之冠。苦水高高跷表演历史悠久，相传始于元末明初，距今已有600多年的历史，是苦水百姓世代相传的民间表演艺术。苦水高高跷的选材是上好的松木，脚蹬主要用柳木。踩高跷时要掌握“松紧合适帮跷腿，沉踏稳实不慌张，胆大心细迈步稳，用劲挺腰自远望”的方法要领。它的表演主要以传统秦腔本戏为

整装待发（平亮摄）

内容，在每年农历二月初二“苦水二月二龙抬头”社火表演中，上街向观众亮相。高高跷主要装扮秦腔传统剧目中的人物角色，生、旦、净、末、丑一应俱全，表演人数由剧中人物多少决定。表演者身着传统戏剧服装，画上秦腔戏剧脸谱，踩上高高跷，排上长队，手持刀、枪、剑、戟、锤、矛等武器及扇子、手绢等饰物，有扮无唱，凌空表演绝活，人物形象各具特色，引人瞩目，似空中杂技。2006年5月，苦水高高跷经国务院批准，列入第一批国家级非物质文化遗产名录；2007年入选永登“十大名片”；2008年5月，兰州电视台《兰州往事》栏目组在苦水拍摄苦水高高跷专题片；2009年6月，参加中国成都第二届国际非物质文化遗产节，并荣获“太阳神鸟”金奖；2009年9月，应邀参加榆中首届民俗文化节展演。

“赵子龙”挺身（平亮摄）

“赵子龙”舞枪（平亮摄）

“赵子龙”一马当先（平亮摄）

高高跷和玫瑰一样，都是苦水名片。所以，高高跷是玫瑰节民俗表演环节的第二炮。但见组织者手臂一挥，高台上身着白衣、赵子龙扮相的表演者奋力一挺，站将起来。看得出来，这一挺一站，非同小可，没有多年功夫，断难完成。我看得分明，“赵子龙”做这动作时，头上青筋暴起，非常用力。他绝不敢原地逗留，迅速挪出左腿，沿着既定路线，艰难地迈出了第一步。可能因为第一步是格外困难的，也可能第一步象征着精彩表演的开始，观众迅速报以掌声，纷纷叫好。“赵子龙”显然受到了鼓励，顿时直起腰杆，目光如炬，精气神十足。但见他手舞

“赵子龙”与“官老爷”形成队列（平亮摄）

亮银枪，阳光下闪闪发亮的枪尖在空中盘旋一番，落回腰间。他的腿下是丝毫不敢懈怠的，我以为他将向前迈出第二步，殊不知第二步并非向前，而是向后——右腿向后点了一下。原来他在找平衡，右腿向后一点，使他稳如泰山。此刻，他已经很好地完成了起步动作，“赵子龙”昂首阔步，奋力向前。

“赵子龙”冲出六七米时，高架上又一位表演者挺起身来。他身着绿袍，是件官服，头顶翅帽，应是乌纱。看形象，初以为是包公，仔细一看，他满面红光，额头上并无“月牙”。我不知道他扮的是谁，权且称“官老爷”吧。“官老爷”也和“赵子龙”一样，熟练而艰难地完成了起步动作，也进一步、退半步或进两步、退一步地努力踱着。路线与“赵子龙”一样，但始终与他保持着六七米的距离。这距离是多年经验的总结。如果近些，怕有危险；如果远些，观赏效果一定大打折扣。

待“官老爷”踱出六七米，高架上又挺起一位表演者。她身披戎装，上下皆红，背插四面护项旗，头顶两根雉鸡翎。好一位英姿飒爽的巾帼英雄，好似杨门女将！就叫她“穆桂英”吧，即使不是，也是穆桂英一般的人物。她可比前面手无缚鸡之力的“官老爷”走得矫健多了，步子大了许多，当然，退步也大，恰一阵清风掠过，护项旗随风飘摆，雉鸡翎迎空震颤。正当此时，“穆桂英”摆了

“官老爷”踱步（平亮摄）

“穆桂英”健步（平亮摄）

个姿势，恰似两军阵前，跃马扬威，引来观众一阵掌声。她在“官老爷”身后，健步走出六七米，高架上又一位表演者立起身来……

不一会儿的工夫，6名表演者都已成功下场。他们以相同的速度、固定的间隔，按既定路线行进着，不时用眼神、动作与观众交流。观众见这6名表演者同时表演，又发出一阵叫好声。与戏台上的戏剧表演不同，他们的主要精力集中在脚下，并不能放在上肢动作和面部表情上。所以，即使有所表现，也要小心谨慎。他们在广场上走了两圈，在观众的掌声中，逐个回到高架上坐定。不仔细观察并不会发现，6名表演者个个气喘吁吁，热汗直流，有的汗水已经浸湿了戏服，可见高高跷表演

演出完毕（平亮摄）

解跷卸装（平亮摄）

非常辛苦。平兄的观察能力一向为我所敬佩，他指着“赵子龙”说，那不是小苗师傅？我再看去，果然是他，脸上的妆已然被汗水卸去大半，原本的样子正在显露。

苦水高高跷（永登县农林局、苦水镇政府提供）

甘肃兰州苦水高高跷

Agricultural
Heritage

民俗表演的确精彩，让我大开眼界，高高跷、太平鼓，不愧为国家级非物质文化遗产，现在仍历历在目，余音绕梁。更主要的是，由玫瑰而有玫瑰节，玫瑰节将各种民俗艺术汇聚一处，苦水之历史文化，由此一览无余……

前两个节目精彩纷呈，第三个节目即将上演。人们屏气凝神，翘首期待。但听一声鼓响，表演的队伍分开人群，开始入场。排头是4名壮汉拥出一面大鼓。壮汉周身穿黄，头扎头巾，手握鼓槌。鼓槌很有特色，好像不是木制，而是麻制，并不直硬，却像软鞭。鼓很大，直径接近1.5米，鼓帮通红，鼓面呈黄。鼓底有轮，否则虽是4名壮汉，只靠手臂抬也颇费力气。只见一名壮汉拉，一名壮汉推，两名壮汉打着鼓点，引领队伍的节奏，向广场中央开来。紧随大鼓的，是作为表演主体的鼓队，分左右两支。左支着装与大鼓壮汉相同，黄衣黄头巾，右支则是白衣白头巾。每个人身上都挎着鼓，手中都攥着槌。鼓都是红帮黄面，体积不算小，鼓面朝左右方向，目测长度有七八十厘米。看样子，这鼓应该不轻，所以鼓带设计得很长，表演者稍一弓腰，就可以将鼓暂放在地上，省却许多力气。仔细观察，鼓帮上的图案都是一样的，二龙戏珠；鼓面上则是太极图，只是有的被敲打多了，颜色淡些。平兄指着二龙戏珠和太极图说，传统文化在民间根基颇深。鼓槌颇具特色，上面系着红、黄、蓝、绿、紫等鲜艳颜色的绸子，主体仅有个别是木头，多数和领队大鼓的鼓槌相似，像是由麻缠成。细数一下，鼓队左右两支各8人，总共16人。而这并不是全部，鼓队右侧还有4名身着红衣、头戴红头巾的锣手，鼓队中间有一名身着蓝衣、头戴蓝头巾的镲手，鼓队左侧有一名身着红衣、头戴红头巾、手打黄旗的旗手。这个20多人的表演队伍在广场站定，不仅颜色艳丽给人以愉悦的视觉观感，还显得颇为壮观，展现出西北地区的豪放民风。还有让我震惊之处，主体队伍中除了镲手和旗手，表演者好像全是女性。鼓队中的大姐大妈们，个个腰间绷着劲儿，用右肩撑着鼓带，满面红光，气宇轩昂。这应该就是举世闻名的苦水太平鼓了！

据资料显示，苦水太平鼓是一种具有600多年历史的传统鼓舞。主

苦水太平鼓（永登县农林局、苦水镇政府提供）

要流传于甘肃省兰州、皋兰、永登、酒泉、张掖、靖远等地。鼓呈圆筒状，鼓帮以优质松木制作，两侧蒙牛皮为鼓面，通体呈完整的圆柱体，长约75厘米，直径约45厘米，鼓身重十数斤不等。鼓帮外表涂以红色和黑色油漆，并用泥金饰以龙狮、牡丹等图案，两头边缘部分则用花边装饰。鼓面皆以八卦围绕太极图饰之，在鼓帮一列的两头，钉有两只铁环，用来拴绑很长的背带。苦水太平鼓不用木质鼓槌，而用麻绳和皮条、布条拧成鼓鞭，击打的基本形式有蹲地式、骑马式、跳跃式、托举

苦水太平鼓之引带节奏（平亮摄）

式、翻身式，打法分单鞭、双鞭两种。表演方式有进行式和场地式。20世纪80年代以前，鼓手全由青壮年男子担当，少则20多人，多则四五十人或更多。现在已打破男女界限，青年妇女也可自愿加入到鼓队中，为节目增加了新看点。还增加了少年太平鼓队，不过鼓的体积较小而已。苦水太平鼓以民间组织的形式设立，遍及苦水12个行政村，除参加本地“正月十五”“二月二”的表演外，还选拔优秀鼓队参加各种公益性文体活动和非遗表演，分别在兰州、山西、成都、广州、北京等地展演。1991年9月，兰州太平鼓参加山西举行的近40个国家参加的国际锣鼓节暨第二届中国民间艺术节，以9.98分的最好成绩荣获金奖。2003年农历正月初一，近百名苦水太平鼓鼓手在北京中华世纪坛《中华故土地图》落成庆典仪式上再显身手，身扮伏羲的西北汉子，打出了中华豪情，展现了黄河儿女向着太阳开拓进取的时代风貌。2006年5月20日，兰州太平鼓经国务院批准列入第一批国家级非物质文化遗产名录。

以此看来，今天的太平鼓表演属场地式，打法是双鞭。20多人的表演属小规模，应是受场地所限。但见先是旗手摇旗呐喊，往来巡视，组织一番；然后4名大鼓手开始打鼓点，确定节奏；接着锣手、镲手逐渐加入节奏。在早已约定好的节点上，16名太平鼓手同时腰一挺，将鼓撑离地面，随即伸出左脚，垫着鼓底，挥起双鞭，开始表演。这一连串娴熟的动作，引来观众叫好。咚咚咚，鼓声响起，又引来观众掌声。可能由于场地不大，表演者多是妇女，这次表演中翻身、跳跃等高难度动作比较少，但高潮不可或缺。一阵平缓鼓声过后，只见4名大鼓手同时回身，做出欲与主体队伍配合迎接高潮之状。锣手、镲手、旗手心领神

苦水太平鼓之起鼓（平亮摄）

苦水太平鼓之迎接高潮（平亮摄）

会，各司其职。鼓手则转身相向，高举鼓槌。瞬间，鼓声紧密，作雷声响，锣声、镲声并起，似骤雨来。我第一次，如此切近地感受到“紧锣密鼓”的气氛。此时，观众已然沉醉其中，忘记鼓掌。我甚至感觉，周围的荒山都被苦水的喜庆打动，不再甘忍寂寞。高潮过后，一波锣声、镲声鸣过，几层鼓声收尾，我们才醒来，瞬间掌声不断。

第四个节目又回到苦水街剧场的戏台上表演。不知何时，戏台已拉起一道红色帷幕，帷幕后人头攒动。帷幕上露出两个小黄人。很明显，不是真人，而是木偶，穿着黄衣，一男一女，男的生胡须，女的戴耳环，面部表情非常灵动。突然之间，他们开始动起来，一起一伏间，鲜活如真人一般。这是木偶戏。它比起前几个节目来，内敛小巧，“文质彬彬”。

据资料记载，明代中期，晋商在苦水做生意者较多，带来了木偶等外地文化和表演艺术。木偶，北宋时称“傀儡”（苦水又称“泥头子”），演出时，富家子弟、官宦幕僚、商人军卒、文人雅士，可以说士庶咸集，纷至沓来。中华人民共和国成立后，苦水木偶很兴盛，主要的撑杆表演人员有王增邦、施统昌、苗高墉、王培德等老艺人。1952年在兰州演出10多场，深受兰州观众的欢迎，好评如潮。在1958年的全省木偶戏会演中，苦水人苗高墉表演的《游园》一折戏荣获二等奖，声震金城，誉满永登。木偶戏在苦水演出主要是连台本戏，如《封神演义》《三国演义》等。在之后的40多年里，苦水木偶几乎失传了。幸好在

木偶戏表演（平亮摄）

祖传木偶之一（平亮摄）

2003年，兰州市群众艺术馆在永登调查、了解非物质文化遗产时，发现老艺人王培德传人的孙子王克福家有些木偶的道具、戏服，于是相关部门给予各方面支持。经过近3年的挖掘、整理、雕刻、彩绘、排练，木偶戏终于重见天日，这一民间艺术才能够传承下来。目前，木偶戏已被兰州市列为市级非物质文化遗产项目。

今天的木偶戏表演并不是“哑剧”，而是有配唱。配唱也不简单，是著名的苦水“下二调”。苦水“下二调”，用E调演唱，因较秦腔G调演唱低两个音程而得名。主要乐器有三弦、板胡、二胡、扬琴、低胡、板鼓、牙子、铜铃、四页瓦等。板路有散板、垫板、花音、苦音、花音二六、苦音二六、花音摇板、苦音摇板、花音慢板、滚板，共计10个。曲调主要有“哭盲”和“太平调”，唱段落板时皆有较短的“帮腔”，听起来流畅悠扬，娓娓动听，文雅悦耳，甚是动情。据说，在夜深人静时如泣如诉，使人有身临其境之感。

据当地人说，苦水是中原文化、农耕文化、马家窑文化的汇集地。相传，早在明末清初，“下二调”在苦水周边地区就有演唱，现已传唱近400年。一般在皮影戏和木偶戏中演唱，代表作是《香水寺还愿》。老艺人有上新沟村的巨理保、施统昌、施其昌，转轮寺的苗兰亭、苗高墉，周家庄的张贤德，十里铺的邓富生等，他们均已逝去。面临即将失

祖传木偶之二（平亮摄）

木偶戏（永登县农林局、苦水镇政府提供）

传的“下二调”，苦水老艺人们心如火焚，千方百计筹集资金，搜集挖掘资料，积极培养后续人才。2006年，老艺人巨崇昭通过多方努力，排练演出《香水寺还愿》。2008年，施克昌先生挖掘整理了《二进宫》。目前，苦水“下二调”已成功申报为省级非物质文化遗产项目。

木偶戏和“下二调”是民俗表演环节的最后一个节目。随着表演结束，观众报以掌声后，民俗表演就告一段落了。此时，玫瑰节才正式开幕。所有人的注意力都转向临时搭建的开幕式戏台。大幕下端写着主

祖传木偶之三（平亮摄）

祖传木偶之四（平亮摄）

办方和承办方，分别是兰州市文化和旅游局、永登县人民政府、永登县文化和体育旅游局、永登县苦水镇人民政府、永登县电子商务服务中心、苦水玫瑰协会。这些单位，应该就是与苦水玫瑰关系最密切的政府部门了。

在观众的期待中，2016中国玫瑰之乡·兰州玫瑰节开幕。我与平兄因时间有限，就提前离场了。

路上，平兄说："民俗表演的确精彩，让我大开眼界，高高跷、太平鼓，不愧为国家级非物质文化遗产，现在仍历历在目，余音绕梁。更主要的是，由玫瑰而有玫瑰节，玫瑰节将各种民俗艺术汇聚一处，苦水之历史文化，由此一览无余。"我说："确实如此，玫瑰节将作为农业文化遗产的玫瑰和作为非物质文化遗产的高高跷、太平鼓密切地联系起来，功劳不小，意义重大。然而，这恐怕并不是苦水历史文化的全貌。在我看来，传统社会一般具备三种必要的组成要素：农作要素、价值要素、技艺要素。农作要素提供物质需要，价值要素提供精神寄托，技艺要素则是实现这两者的必要辅助手段。"

鼓乐声声庆奥运（永登县农林局、苦水镇政府提供，许宝贵摄）

# 李佛传说遍坊间

17

玫瑰文化与李佛文化，一个偏向物质层面，一个偏向心灵层面，长期以来并存于苦水。当然，两者也有给人惊喜的交叉点，其中原委，待下文揭晓……

入苦水的第一天，我就注意到了那山间耸立的金色大佛。小苗师傅曾说，那是渗金佛祖，因俗名李福，本地称李佛，又称风颠，所在的山叫猪驮山。

在苦水，“李佛文化”的字样随处可见。苦水人对李佛非常了解，能够清晰地说出有关他的传说故事，恰如谈及玫瑰，每个人都口若悬河一样。我发现，玫瑰文化与李佛文化，一个偏向物质层面，一个偏向心灵层面，长期以来并存于苦水。当然，两者也有给人惊喜的交叉点，其中原委，待下文揭晓。

据考，李佛有《风颠当禅师实行实录》残篇传世。李佛文化专家缪树德先生著有《风颠和尚云游记》，演绎了李佛的生平经历。兰州猪驮山旅游开发有限公司曾发行过《李佛传奇》，记述了李佛的故事。

现在，请允许我根据这些著述，参考近日在苦水耳朵里被灌满的传说，向读者讲一讲李佛的故事。

传说李福生于清顺治八年（1651年），康熙四年（1665年）时，李福14岁，按旧俗，应该娶妻生子了。父母开始张罗起来，未想李福却说不想娶妻。面对父母的软磨硬逼，李福不得已，只好顺从父母，违着心意定了亲。当年年底，父母操办，给李福娶来了媳妇薛氏。转眼间，4年过去了，李福已经18岁。未承想，4年间，李福与薛氏同床不染。一天夜里，他猛然坐起，向薛氏决绝言道：“我已决心皈依佛门！”薛氏央求未果，想这4年遭遇，只好答应离婚。李福闻听，大笑连声，随口诗道：“观破冤家放下怀，四年恩爱两分开。尘世姻缘终有尽，为僧独眠无去来。”

李福休妻后，向父母提出要出家做和尚。父母不许。他每日恳求，父母仍不同意，但他态度非常坚决。3天后，正值端午节，李福来到苦水西山寺，向寺僧提出要出家。李福父母赶到西山寺阻止。但李福心意已决。母亲见无法挽回，说了句“我儿，不留你了，随你吧”，遂哭昏在地。李福遂取名“无情”，在西山寺当了僧人。

西山寺也叫萱帽寺，坐落于萱帽山。萱帽山位于苦水堡庄浪河西，是一座黄土高山，陡峻而险。现存清咸丰九年（1859年）刻制的《西萱帽山庙并立碑》记载：“庄浪县之南有堡则曰苦水。龙峰东矗以钟灵，庄水四环而毓秀……堡西二里许，层峦迭嶂，钟灵毓秀，望之蔚然而深秀者，萱帽山也。”传说，自宋代以来，萱帽山就有佛殿、碑碣，千年香火，延续不断。明代以前就建有三宝佛殿，明万历年间重修，几经地震兵燹，至清康熙初期已残破不堪。在那倾倒的几间僧房中住着一个青海塔尔寺来的叫王吒什的老喇嘛。李福皈依佛门，拜王吒什为师。

一天，无情下山在河边散步，遇老僧又为他另取一名，曰“风颠”。之后，他便筹划修葺西山寺，四处募化集资。他来到苦水堡驿站，一位寇驿官要帮他完成夙愿。

第二天，寇驿官召集堡内众人，运砖上西山。运了一阵，问风颠够不够用。风颠说：“只够正殿的，还要修十王殿。”寇驿官答应道：“砖瓦不足，我全包下，明后两日我有差事去办，回来再运。”

寇驿官办完差事，骑着骡子回到苦水堡。快到驿站门前，见前面有一母猪陷在泥里。骡子见猪受惊，把寇驿官摔了下来。寇驿官回家后心疼死去。

即日夜晚，母猪生下一窝猪娃，内有一只四蹄皆白。不久，这只猪娃被本堡杨豹子买去喂养。时至康熙十年（1671年）正月初一，风颠下山给父母拜年，听街上议论一桩奇事，杨豹子老汉的猪跟着人在各寺庙行香。风颠听后说：“此事合我的梦。”众人问他梦见什么，风颠说：“昨晚梦见，寇驿官对我说，前愿未完，错投门户，请禅师拔济。我想此梦就是这桩事了。如今猪在哪里？”众人说在杨豹子家。

风颠就到杨豹子家去募化猪，杨豹子夫妇忙迎出来问：“禅师化猪有何用场？”风颠将做梦之事说了一遍。杨豹子笑道：“我活了80岁未见过这等怪事，听便，听便，只要猪跟你去，你就领去；若不跟你，就不应你梦了。”杨豹子知道风颠爱开玩笑，常说疯话，就有意为难他说：“你叫一声，猪跟你，就把它抓去，不跟就别抓。”只见风颠对着猪说道：“你昨晚托梦给我，跟我去吧。”说罢猪抬头一叫，跟着风颠离去。

风颠在猪脖子上挂了一个小木牌，上书“自醒”二字，他也把猪呼作“自醒”。这猪每天自动挨家轮流讨食，吃饮后就直向萱帽山下走去，在风颠居住的地方歇息。过了一个月，猪吃肥长壮，风颠银两也募化得差不多了。为了实现修葺十王殿的夙愿，风颠便请木瓦工匠动工。他也天天赶猪搬运砖瓦，自己身背6块，猪驮4块。这一行动，感动了周围的人，大家都来义务投工，或募化捐资，很快完成了修建任务。从此，萱帽山便更名猪驮山。

十王殿刚修成，苦水堡驿站就接到通知说，近日钦差路过此地，要驿站备好酒席招待。这年大旱，老百姓养猪的很少，养的也是骨瘦如柴。有个名叫王占军的屠户，过去与寇驿官不和，想报私仇，就借机去抓风颠的猪说“自醒师父行个方便”，说罢将猪硬赶到茶院杀了。

杀猪后不久，王占军吐血而亡。说也奇怪，苦水堡流行起瘟疫来，谁梦见寇驿官谁就得病，整个堡子瘟疫流行不止。众人去请风颠超度，风颠便设法坛，高声诵曰：“自醒自醒休作怪，是你前身冤孽债。时下投个正门户，翻身休迷菩提路。”之后瘟疫消失。

目前，风颠的这些故事，都刻在猪驮山露天大佛的石座上，时时给人们讲述着苦水李佛修寺和猪驮山的由来。

话说风颠修成十王殿，就在猪驮山修行，护佑着苦水川。

猪驮山（永登县农林局、苦水镇政府提供）

苦水川土地僵硬，素有“苦水干板”之称。因为该地区系红色黏性土质，一遇天旱，就板结僵硬，影响庄稼生长。当地人常苦于此。有人听闻风颠智慧过人，就去求问破解应对之法。风颠说：“不会把地翻过吗？”人们问：“这么大的地块，怎么翻得过？”风颠哈哈一笑，指点铁匠打制一尺多长的大方铁锨。秋后，庄稼收割完，风颠召唤众人，扛上大铁锨，亲自示范深挖土地。消息传出，几乎家家都来请风颠指导翻地技术。风颠忙得中午都顾不得休息，人们就到地里给风颠送饭。没想到，送饭的人一路都是。人们互相询问，都说："风颠和尚在给我家翻地。"人们感到奇怪，就到自家地里查看，可偏偏你看不见他家地里的风颠，他也看不见你家地里的风颠。

远近的农民一直苦于土地无雨干旱，也不保墒，广种薄收，虽投入甚多，累死累活，收成也没有保证。听闻风颠神通广大，就来求教，问该如何。风颠说："不会盖个被子吗？"大家愕然说："一家五六口人只盖一床被，哪有盖地的被子？"风颠一笑，又去帮人们给旱地"盖被"。他教人们翻犁好旱地，施足底肥，再挖上砂石去铺压地块，从此压砂保墒得丰收。这一经验迅速传至附近的乡县。直到今天，人们仍然靠铺压砂田抗旱、保墒、压碱得丰收。

自从翻地压砂经验传开，附近老百姓收成一年比一年好，日子过得一天比一天好。大伙称赞风颠，经常祈祝敬颂。可是风颠和尚一遇有人称颂，便高声诵道："大家赞我风颠好，通身不值一根草。三圣心肠非我得，四恩无义能自了。"

据史籍记载，康熙年间，的确在苦水地区推广过铺压砂田以抗旱保收，为黄土高原养育生民起到了非常重要的作用。这可能不是风颠一人的功劳，但当地百姓把恩情都记到风颠头上，足见风颠在当地影响之大，人们对风颠敬仰之深。

转眼间，到了康熙四十九年（1710年）。西安西门附近的百姓自发修建达摩庵，请风颠和尚选址，并选出领头人募捐集资。很快，所需款项基本募捐足备，单单一时买不到合适的木料。风颠得知后，主动要求承担解决木料问题。他召请十几个身强力壮的小伙子，找来绳索，聚集到修庙地点。此地有一口水井，风颠让小伙子们在井中放下绳索吊木头，并请木匠师傅按规划数量在井边一一点数。大家本来不解，心中狐疑，井下怎会有木头？可是竟然吊出100多根木头，材质通通符合要求。木匠师傅一直数着，突然说："够了！"这一说，恰好一根木头半截吊出井口，半截插在泥里，既上不来也下不去。风颠淡然道："够了就好，不能贪心。"

入冬时节，达摩庵修建完成。人们请来画师塑匠雕塑佛像，可是佛像刚塑起来就跌倒了，又塑了两次，都是一样跌倒。众人无法，请风颠来看。风颠说："像的重心不端，我上去给你们做个样子看。"言罢，风颠跃身上到莲花台，盘膝打坐。塑匠端看许久，高兴喊道："看清楚了，请禅师下来。"谁知风颠稳坐不动。人们再喊，风颠仍声色不动。塑匠上前拉他，却也拉不下来。人们定睛一看，方才发现，风颠竟已坐化。

附近百姓闻讯赶来围观，点灯焚香，跪倒在莲花台下，口称风火爷，磕拜再三。围观人群中，有人提议说："不如给风火爷的脸上和手脚上镀一层金，表达人们对他的敬仰。"大家表示同意。很快，金镀上了，可是第二天人们发现，镀上的金已渗进皮肉里，只好再镀，却怎知如是连镀3遍，总是显不出光泽。人们感到奇怪，不知如何处理，只好写了公禀，上书镀金不成之事，连同风颠的故事层层上禀，报到总督。陕甘总督平日也很敬仰风颠，立即上奏朝廷，请当朝天子赐予封号。康熙皇帝听说此事后，敕赐李佛为"渗金佛祖"，并随即批复陕甘总督，对渗金佛祖世代供养。所以，直至今天，人们也称风颠和尚为"渗金佛"，把达摩庵叫成"风颠洞"。

风颠圆寂了，但他的故事并未结束。据说，100多年后，苦水士子王乃宪旅居西安，正是受到风颠的点化，才为苦水带来了玫瑰。从那时起，玫瑰在苦水扎根，苦水玫瑰开始改变苦水的历史。

综观李佛的传奇故事，他的生平特别是出家经历、修建庙宇，为后人所敬仰，浸润着苦水人的心灵；他出于悲悯情怀，传播耕作技术、求雨、赈济等，为后人所纪念，曾经一度大大改善了苦水人的物质生活；他点化苦水人种植玫瑰，开启苦水历史的新篇章。可以说，李佛一直护佑着苦水川。而这，也是苦水农作要素和价值要素的主要结合点。

后人出于对李佛的敬仰和纪念，在猪驮山上修建了高达21.95米的李佛铜像。铜像金光灿灿，高耸入云，仿佛李佛一直俯瞰苦水川，护佑着一方百姓。李佛的出生地，被后人修成母子宫，一年四季香火不断。苦水人既敬奉李佛，也敬奉他的母亲。他家的水井，也被保护起来，并立上石碑，名曰“李家井”。还有一眼泉水，被命名为“李佛泉”，也是后人出于对他的纪念而为之。

李家井（平亮摄）

李佛泉（平亮摄）

李佛的故事讲完了，我与平兄都不觉心生敬仰。平兄说：“李佛在苦水的地位，几乎难被替代。如果说王秀才代表了儒家文化，李佛就代表了佛家文化，儒佛互补，安顿和滋养了苦水人的心灵。”我说：“或许还有道家文化，苦水不是还有文昌楼、玉皇楼、财神殿？儒释道三家在苦水都有代表和象征。正是这三家，构成了历史上苦水的价值要素，与作为农作要素的苦水玫瑰相辅相成、相映成趣。”

Agricultural
Heritage

# 18 花开时节的短暂还乡

果然，一个玫瑰花季，吸引了多少苦水人回到故乡；回乡是那样短暂，短暂得故乡只能栖寄在玫瑰花开期间……

还记得上次来苦水是元月，那时寒风凛冽，路上行人很少。那天下午，我与平兄遍访苦水镇，貌似只有两处旅馆。一处开在镇政府门口，有四五间房，每间房每天30元，里面一铺炕、一个炉子。我与平兄都在城市长大，不会生炉子，课本上的化学常识告诉我们，如果操作不当，会引起一氧化碳中毒，届时我们都是逃不掉的。如果不生炉子，平兄可能还好，我却必然挨不过的，因为脂肪存量实在有限。我只好敬而远之。另一处就是赫赫有名的永登县玫瑰旅游服务中心，在寺滩村，那是永登县农林局于2013年5月筹资建设的集玫瑰研发、规模种植、会务接待、餐饮住宿、玫瑰展示、专业培训、文体娱乐为一体的综合性服务中心。其中餐饮住宿的部分似乎被人承包了，起了一个很文雅的名字，就是臻钰坊。可是我们到了才发现并未营业，原因不详。没办法，我与平兄只好每晚回永登县城住宿，白天通勤。

这次来苦水，特意赶在5月中旬抵达。这是玫瑰花开的季节，也是一年一度的兰州玫瑰节开幕前后。记得那天，下了班车就发现，来来往往的人比冬天多了许多。有了上次的经验，我与平兄直奔臻钰坊，看是否营业，到了发现店门大开。老板娘见客至，快步迎出来。她动作麻利，透着商人的干练和精明，笑容中却泛着农民的朴实。她问，是吃饭还是住宿？我答，既吃饭又住宿，有房间没？她说目前还有房间。我一愣，看来生意还真兴隆。我问，住宿多少钱一天？她见我与平兄两人前来，说标间每天168元。我着实吓了一跳，心想为何这般贵，我与平兄年初住的永登玫瑰宾馆，每天不过百元出头，它还是永登县政府招待所，设施强过这里许多。我问能否优惠。答曰没有优惠，如果住到18日以后，从19日开始可以优惠。我问原因，她说18日正是玫瑰节举办的日子，玫瑰节前，客流集中，先到先得，玫瑰节前两天，一定客满，当然没有优惠。我们没有办法，只好入住。

开张的臻钰坊（平亮摄）

那天入住后就用晚餐，算是与臻钰坊多数工作人员都打了照面。我发现从客房服务员到餐厅服务员，对业务流程都不太熟悉，对我们的要求，经常去询问老板娘，时而还出点儿小差错。当然，服务态度都是一流的。我问老板娘，为何工作人员对业务不甚熟悉？她说，这些娃有些是在村里临时聘请的，对工作还不熟练。我问为何临时聘请，以前的工作人员呢？她说这里不是全年营业，每年夏天有游客，开业几个月，其他时间会停业，所以有的工作人员会临时招聘。我恍然大悟，明白为何元月来时这里还在停业，明白为何房价定得稍高，原来夏天是集中营业时间，特别是玫瑰节期间，是客流高峰。我问老板娘当臻钰坊停业时做什么。她说在城里还有生意，只是在夏季特别是玫瑰节期间来经营臻

臻钰坊工作人员夜晚采花（平亮摄）

钰坊。我问她是哪里人，她说就是苦水人。晚餐后，我与平兄都乏了，不再出门。我对平兄说，玫瑰花开时节的臻钰坊客流如潮，是可以理解的，甚至在意料之中，但经营者也是突击组队、临时经营，却在意料之外；我真想看看，玫瑰花开，还会让苦水人有何行动，让哪些人回到苦水。平兄说，我们改天去看看。

日上三竿，我与平兄大梦终觉。为对抗即将升到苦水头上的大太阳，我们在餐厅点了浆水面，吃罢就到村里闲逛。多数人已经下地采摘玫瑰花了。没有下地的，老人们三五成群蹲在墙根静静地吸着烟；妇女抱着婴儿在大门前消遣；孩子们在孩子王的带领下嬉戏打闹。我们走近他们，不时引来打量的目光，不过目光中并不包含太多诧异。村里人对外来人并不奇怪，可能是游客，也可能是收玫瑰的。妇女不是攀谈的首选对象，她们都很年轻，见外人害羞得很，于是我们靠近健谈的大爷们。经过甄别，我们选择了一位最年轻的，但也有60岁以上了。我问他，家里的玫瑰收了没有。大爷普通话不好，但认真听还是可以听懂大半。他说，地不多，种得不多，打算过两天收花儿，问我是不是收玫瑰的。我说不是，只是了解一下。我们正聊着，从一扇大门里走出一位大爷，装束与众人略有不同，有城里人的派头，见我们在聊天，也凑过来。我对他说，我们从大学来，考察玫瑰。他很好客，说到家里坐，我们没推辞，随他进院。

院里很整洁，杂物不多，看来是刚刚打扫过。他问我们从哪里来，我说从陕西。他说还以为从兰州来，说他刚刚从兰州回来。他的普通话说得很好，我们可以听清楚。我问他贵姓，他说姓刘。我问刘大爷去兰州做什么，他说他原是镇卫生院的医生，现在已经退休，儿子在他的影响下也学医，在兰州一家医院做医生。他现在跟儿子一家生活在一起，在兰州，很少回来。我问他这次为什么回来，他说回来收玫瑰，卖掉就回去。我问为收玫瑰专程回来一趟？他说是，否则玫瑰没人收。我问，平时不回来，玫瑰谁照管？他说玫瑰是懒庄稼，即使不照管，收成也差不到哪里去。我问只他一人回来，收得完吗？他说收得完，儿子的户口早就迁到兰州了，没有地，只有他跟老伴有地，一共一亩六七分，都种玫瑰，很快就能收完。我一算，每人才八分地，就问为啥这么少。他说，我们这里地就是这么少，寺滩村的地还算多的，每人七八分，镇里其他村，每人也就五六分地。我问收成能有多少，他说像他这种平时不怎么照管的，每亩能产花苞七八百斤，现在每斤3块钱左右，每亩收入大约2500元吧，他家玫瑰每年收入4000多元。我问，这些收入够生活吗？他说，那要看怎么生活了，如果在村里生活，没有娃读大学，家里人没病没灾，不修房子，倒是够用的，如果有娃读书、有人生病，那决计不够的。我问，如果不够怎么办？他说，打工呀，村里多数人都出去打工。我问，打工的人，收玫瑰时就回来了？他说是，这几天回来好多人，收完玫瑰再出去，也有的不回来，请别人帮忙收，个别也有雇人收的。他站起身，去柜子里取茶叶，说，瞧，不好意思，光顾着说话，也没喝水。我们说不必，还要去其他家走走，于是告辞出门。他送出大门外。

我们从大学来的消息传了出去，一位大爷一直在刘大爷家门口等我们。我们出来时，他已经等几分钟了。这位大爷稍年轻些，也就50岁出头，并不在刚才攀谈的大爷们之列，可能是听到消息专程来等我们的。见我们出来，他主动邀请我们到他家坐，说他儿子也在上大学，刚从兰州回来，我们一定聊得来。看得出来，大爷以他儿子为豪，认为我们一定会有共同话题。我们当然盼望交流，就随他到了家。他家比刘大爷家更有生活气息，应该是常年有人住的缘故。在他的召唤声中，他的儿子迎出庭院。小伙子很清秀，显然没有许多面朝黄土背朝天的经历，见到我们，有些害羞和拘束，隐约有点儿尴尬，称我们“老师”。毕竟都是年轻人，交流更加顺畅，小伙子口才还是蛮好的。他说他姓巨，在兰州一所高校读大三，学工商管理，今天是周末，学校没有课，就回来收玫瑰，顺便看看父母。他爸爸见我们聊了起来，就点了一支烟去大门外站着了。我问小巨，上大学的费用是不是家里出的？他说，大一、大二和大三的学费都是家里出的，前些年玫瑰价格好，爸爸也打零工，家里有

在外就读的学生回乡收花（永登县农林局、苦水镇政府提供）

了一点儿积蓄，就交了学费，最近几年玫瑰价格回落，不想给家里增加负担，打算大四办理助学贷款，在学期间是无息或低息的，毕业工作后再还。我问他，毕业后有什么打算？他说既然学管理，当然打算进企业，可能留在兰州 如果有合适的选择，也考虑去西安。我问他，为收玫瑰专门回来的？他说是，爸爸年纪一年比一年大了，身体已不如从前，不想爸

外出务工人员返乡收花（平亮摄）

爸太累，也不想爸爸操心，正好周末有空，就回来把玫瑰收了，卖掉。我问他是怎么回来的，他说，坐班车，平时班车好坐，到了车站就上车，这几天人多，他等了两班才有座位。我们又聊了一会儿，谈了大学生活、就业形势等，就告辞出门。小巨送我们出来，到大门口时，还听见小巨的爸爸在和几位大爷聊儿子未来工作、成家等问题，很有兴致。

我与平兄又陆续走访了十几户农户，有寺滩村的，有大砂沟村的，最后是苦水街村的。我们发现，大约1/3的农户有家庭成员临时回村，回来的人中，多数都参与玫瑰的收卖，也有少数专门做临时生意的。

走到苦水街村时，已然过了中午，我与平兄饥肠辘辘，正看到村路边有一家别致小店。说别致，主要是与众不同，并没有正式的砖瓦房作为店面，只有一间简易板房，板房前是空地，支了几张桌子。最具特色的是，板房和空地是临时用栅栏围起来的，入口是由三根约两米的长条原木围起的大门框，一个小伙子正站在凳子上用锤子向门框横梁中间钉刚刚脱落的牌匾。走近看时，牌匾也是木制的，很精致，上面赫然4个字：玫瑰小镇。见我们在周围徘徊观察，老板娘迅速从门框中迎接出来，说吃饭里面请，还可以体验采摘玫瑰。她说的两项内容都很吸引我，平兄当然格外关注前者。我们进院坐定时，牌匾也钉好了，小伙子也来招呼我们，

夜幕下寂静的苦水川（平亮摄）

原来是老板。老板和老板娘年纪不大，二十三四岁的样子，院里没有其他服务员。我问有什么吃的，他们说，有烧烤，也有家常菜。我倾向于不吃肉，平兄只好随我，于是问家常菜有什么。他们说，简单日常的都

可以做，复杂的做不成。我们点了两个小菜，茄辣西和清炒莜麦菜，主食我点了炒拉条，平兄点了烩麻食，他特意要求加了量。老板娘说，可能稍慢一点，只有她一个人做，让我们多担待。我们说没关系，见老板摆弄音响，就去帮忙，伺机攀谈。

老板很好客，也很健谈，见我们很友善，又帮他忙，就和我们聊了起来。他们是夫妻俩，平时在兰州打工，做装修工作，主要做防水。最近是玫瑰节，他们就回来趁机赚一笔，过几天再回兰州。他家的地在村路旁，种的都是玫瑰，于是他们就在自家玫瑰田中辟出一点儿空间，建造了“玫瑰小镇”。过程并不难，一间简易板房、一个门框、一张牌匾、几米栅栏而已。现在把音响做好，是为了迎接晚间的客流高峰，那将是玫瑰花下的烧烤、啤酒和音乐。他们也欢迎客人采摘，亲自体验采摘玫瑰花，收费不贵，每位15元，因为不会有客人把背包和行李箱塞满。“玫瑰小镇”不会持续太久，前后也就半个月，玫瑰花季过去就停业，他们就回兰州，明年这时重新开张。老板知道我们还会住几天，就说可以提供导游服务。我们互留了联系方式后，饭菜就上来了。

晚上，我躺在臻钰坊的客床上，与平兄重复刚到苦水那晚的话题。果然，一个玫瑰花季，吸引了多少苦水人回到故乡；回乡是那样短暂，短暂得故乡只能栖寄在玫瑰花开期间。

# 19 微醺老李的急进中兵

现在全国上下都牢记并实践习近平总书记留得住青山绿水，记得住乡愁的教诲。就苦水而言，正是玫瑰使得满目苍黄的苦水川绿了起来，成为“青山绿水”，接下来，各级政府一定会打造出“记得住乡愁”的苦水川……

按照计划，今天下午应该离开苦水，结束这次“玫瑰之旅”。午饭过后，就按规定办理了退房手续。这时去赶班车实在有些早，还可以在玫瑰之海的怀抱中逗留两三小时。平兄问去哪里，我说可以找个人多的地方，体验一下风土人情，于是我们又来到苦水街村的广场。

苦水街村的广场就是那个举办玫瑰节演出的广场。而这时显然已经曲终人散，没有了玫瑰节那天的热闹景象，恢复了往日的平静。广场是很现代的，我想如果放到10年前，广场与周遭的村路、民居一定特别不搭。作为新农村建设的成果，现在的村民们已经接受了它的存在。因为远远望去，广场上分明有休闲的人群。走近看，广场一角是作为这片土地政治中心的村委会，村委会的旁边是专用的停车位，停车位的旁边是健身器材，健身器材的背后有一排大字不容错过，写着“国家级非物质文化遗产保护基地”，旁边是大戏台，戏台上有几个正在嬉戏打闹的小孩儿，他们被欢乐充满。但人群却集中在广场一角，如果人群不在，这一角要被忽略的。

我们走向人群，看他们在做什么，也期待与他们接触。有十几个村民吧，清一色身着便装，深色衣裤加黑布鞋，很少有穿袜子的。一半人围着一张小桌乡话连连，另一半人安静地蹲在墙根儿旁，吞云吐雾。走近看，小桌上是象棋，木质棋子黢黑放光，显然久历风雨了。我这时才能看清大家的脸，张张黝黑、深皱纹、有沧桑感，保守估计，都60岁往上了。原来是一群大爷在下棋。看来在这颇现代化的广场中，农民大爷们钟爱的还是几百年来不曾改变的交往习惯——没事儿杀两盘。败下阵来的人蹲墙根儿点上烟，反思走错了哪一步以至于此。当然，蹲墙根儿的也有从来上不了阵的，但这并不妨碍他们在人群中消遣。

我对这种阵势比较熟悉。“江湖”处处有棋摊，棋摊与棋摊之间只有水平之别，其他规则都是一样的。规则不是观棋不语，而是在恰当

广场（平亮摄）

的时机支着。如果观棋不语，则沦为路过的看客，永远无法被棋摊接纳，也就不能跟大爷们拉近距离，有效攀谈了。如果冒失言语、乱点江山，也会被迅速隔离，丧失交流的可能。我跟平兄打了招呼，请他自便。我便凑上前去，分析棋局，审时度势。看几个回合下来，我基本可以确定，我的水平略高于大爷们，可以抓住时机讲话了。我在心里已提前决定帮助陷入劣势的一方，于是为他谋划着。这个大爷刚伸手摸炮，我当机立断道："大爷，马二进四！"大爷循声扭脸，看到我坚定的表情，立即走马。对方并未理会，我行我素，依旧试图做杀。然这已被我料定，后着早已备好，这回我径直上手，代大爷走了马四进三。间隔几秒钟后，列位大爷都缓过神来，发现先前优势一方此刻已被做成绝杀之

棋逢对手（平亮摄）

势，遂纷纷赞道，小伙子妙着，妙着！

大爷们把注意力从棋盘转向我，细细打量。我尝试打破充满疑问的空气，说我是来搞调研的，调研玫瑰。平兄本在观察村委会，见我攀谈成功，箭步而来，举起相机准备拍照。此举似乎惊到了大家，他们有的低头，有的扭身，有的喃喃是不是记者来了。我说我们不是记者，是老师，并问道："各位大爷家里都种玫瑰了吧？一年能有多少收入？"大爷们低声说，收入没多少，比打工差远了，外面的世界我们不懂。

我们已经意识到自己的冒失了。虽然已经有所铺垫，但显然不足，攀谈效果很不理想。我早就应该想到，与这些留守老人打交道，要么有熟人引见，要么预备更多前奏。谈话陷入僵局，能听到的只有戏台上孩子们的打闹声。

挽救这尴尬局面的，是由远而近的笑声。笑声有点儿沉闷，却透着一丝豪气。“李老师来了！”几位大爷如释重负，“让李老师跟你说吧，我们不懂。”我顺着大爷们手指的方向望去，见一个中年男人姗姗走来。与众不同的是，他穿着衬衫、西裤、皮鞋，还戴着眼镜。衬衫是老式的，虽然是棕色，也能看出大约半个月没有洗过了；西裤没有裤线，右侧口袋下方约有5厘米的缝线绷开；皮鞋也已起皱脱皮，鞋尖上翘得厉害；眼镜是老式黑框的。看脸也就50岁上下的样子。与大爷们相同的是，皱纹中藏着沧桑。

李老师执意与我下一盘棋，他执红，我执黑，他却话复前言，让我先走。我说该红棋先走，他说该客人先走。我见他坚决，就答应先走。我想他酒至微醺，定然求胜心切，全力来攻。我实在不愿与他对攻，以免局势混乱，失却掌控；我也不甘过于保守，任他来攻，将主动权全交给他。我修为不够，尚有争胜之心，想浇灭他的威风、挫伤他的锐气，于是决定采用防守反击的策略，走了一着马八进七。他果然并不思量，径直炮二平五，落子有声。后手走中炮，隐有蓄攻之意。我但逢中炮，定然应以屏风马，于是马二进三。他也马二进三，我却车一进一。我未进象头卒而出右路车，成屈头屏风马之阵势，系静待敌变。他车一平二，我自然车九平八。他果然进取，车二进六，入我卒林。我思量片刻，未出横车，未补士象，而挺三路卒，实含引诱之意。他既求胜心切，我何妨诱敌深入。他哈哈两声，更加几分豪气，驱指盘中，急进中兵，发起进攻。对他的咄咄逼人，我心中早有盘算，只需稳稳补士。开弓哪有回头箭，他显然决定放手一搏，续进中兵。他在步步紧逼，辅以酒气激荡，开盘只有6回合，就要短兵相接。我当然不愿激烈拼杀，既然对方锋芒全露，我只需要四两拨千斤。盘算良久，终得妙着，炮二进一！他寻战未成，锐气已消三分，不忍失兵，只好兵五平四。我见他对形势估计不足，尚怀乐观，索性开始反击，于是卒七进一。他只好兵四进一。我顺势马三进四，一马当先，跃跃欲试。他当然还要双马盘头，寻求进攻，于是走了马八进七。我卒七进一，欲踩车；他车二退一，来捉马。我图穷匕见，马六进四，致他七路马和三路兵必死其一。我呈大优之势，他锐气尽消。后续他虽顽强抵抗，却不敌我步步为营。他的急进中兵，终于伴随一声长叹，以投子认负告终。

我赢了老李，老李说要送我们。

走出广场，进入村路，老李边走边说："30年前我师专毕业，村里人敲锣打鼓把我送进玫瑰花海，当一名人民教师，何等风光，何等荣耀！这30年，能走的都走了，走了的都不再回来，我却是只能留下的。"

我问，走的去哪里了？他说去别处讨生活，去城里。我问他为什么不走，他说教了30年书，别的干不了喽。我说当老师很好啊，教书育人，有意义。他说过去就是这么想的，可是30年间，特别是这10年，学生也走了，当年学校里有几百个学生，现在只剩几十个了。

我突然明白了，明白他为何日日买醉，明白他为何说我们的调查没意义，明白他的笑声中为何透着失意。

我问他教什么课，他苦苦一笑，说当年只教语文，现在什么都教。我问他现在学校里忙不忙，他说不忙，没有以前忙，把几个有心的娃儿教好，就没什么事了。我安慰他，说他是灵魂的工程师。他说："30年前，我意气风发，锣鼓声中，我走进玫瑰花海；现在，大家都走了，走了的都不再回来……”

我明白了，明白了他为何要在广场棋摊傲视群雄、踌躇满志，明白了他为何急进中兵、求胜心切，明白了他为何因输棋而仰天长叹、耿耿于怀。其实很简单，李老师曾经意气风发、积极进取，但现在还能够意气风发、积极进取的，只有傍晚微醺后的急进中兵。

我们来到G312国道边，他帮我们拦下永登到兰州的班车，让我们上车。我们向他道别。

我与平兄上了班车，班车开动了，在玫瑰花海里徜徉。与李老师相识不足两小时，甚至现在也谈不上相识，但他对我触动很大。我望着车窗外的玫瑰花，一边想一边对平兄喃喃：同样一片玫瑰花海，过去人们以它安身立命，现在人们只当它是收入来源，甚至只是收入来源的一部分。同样生活在这片玫瑰花海中，过去的人们充满意义感，现在的人们杳无凭依，茫然若失。同样离开这片玫瑰花海，过去离开的人们对它魂牵梦萦、游子盼乡，现在离开的人们并不回头、心不思归。这片玫瑰花海，从什么时候开始，不再提供“意义”了？

平兄一向寡言，安静地听我唠叨完，很认真地说：“我觉得你言过其实了。即使还有诸如李老师这类情况，也一定是暂时的。现在全国上下都牢记并实践习近平总书记留得住青山绿水，记得住乡愁的教诲。就苦水而言，正是玫瑰使得满目苍黄的苦水川绿了起来，成为‘青山绿水’，接下来，各级政府一定会打造出‘记得住乡愁’的苦水川。”

平兄说得认真、在理、入木三分，我为我的一时消极感到羞愧。我想，“记得住乡愁”的苦水指日可待，那时，微醺老李必将雄心满怀地“急进中兵”！

人迹罕至的花丛（平亮摄）

# 后　记

苦水，西部小镇，有苦涩，有神奇。偏远、干旱、寒冷，城镇化大背景下的乡村，当然不乏苦涩。但玫瑰文化以及非遗文化、李佛文化，都极近神奇。这是苦涩难以掩盖的。本书试图呈现这种神奇，对于它的苦涩底色，也并不讳言。因为，神奇由于苦涩而更加耀眼，苦涩由于神奇而更动人心。

对写作而言，没有材料是无米之炊。首先感谢永登县农林局和苦水镇政府，两家单位不仅欣然赠予大量文件、资料、档案以供写作参考，还提供大量照片并授权我们使用。同时感谢永登县委宣传部的同志们，他们为我们与永登县其他部门的联络、沟通、合作付出诸多努力。也要感谢苦水多家玫瑰加工企业的经营者，他们不仅欢迎我们参观厂房，还多次接受采访。更要感谢苦水的老乡们，他们的热情好客、无私接纳、推心置腹是本书顺利完成的重要前提。

本书第三章借鉴了朵田礼主编的《苦水史话》（甘肃文化出版社，2010）中的相应内容，第六章部分材料来源于《兰州晨报》等报刊的人物采访，第十七章借鉴了兰州猪驮山旅游公司组织搜集整理的《李佛传奇》及苗汀著《李佛传奇故事》中的部分内容，其他章节也有资料参考，因本书风格所限，正文中不能逐一标注，只能在此申明，并示感谢。

还要感谢北京出版集团公司的工作人员，他们的高效工作是本书顺利出版的前提。

更要特别感谢两个人。苑利教授不因我才疏学浅，将本书的写作重任交付于我，其提携后学之恩，只能他日再报。合作伙伴平亮，老诚憨实，志虑忠纯，如果没有他的加盟，调查与写作断难完成。

本书写作是在西北农林科技大学农业部传统农业遗产重点实验室的支持下进行的。没有这个平台支持，调研工作难以顺利完成。它也是国家社会科学基金项目“中国古代农业伦理思想研究”（17CZS048）的阶段性成果。我在书中不仅频繁使用伦理视角看问题，还常常引入我国传统农业伦理思想做今昔对比。

最后要向读者致歉。我试图系统呈现苦水玫瑰全貌，终因才学不足而挂一漏万；我尝试寄托思想在书中，终因其稚嫩渺